DISCOURS

DE M. T. CICÉRON

POUR P. SYLLA.

CHEZ LE MÊME LIBRAIRE.

M. T. Ciceronis Epistolæ ad Atticum, *latin-français en regard*, par l'abbé Mongault. *Paris*, 4 vol. *in*-12.

M. T. Ciceronis Epistolæ ad M. Brutum, *latin-français en regard*, par l'abbé Prévost. *Paris*, *in*-12.

M. T. Ciceronis Epistolæ familiares, *latin-français en regard*, par l'abbé Prévost, nouvelle édition, revue par M. Goujon. *Paris*, 5 vol. *in*-8°.

M. T. Ciceronis de legibus, *latin-français en regard*, par Morabin. *Paris*, *in*-12.

Academicorum libri duo, *latin-français*, suivis du Commentaire latin de P. Valence, par D. Durand; avec la traduction française du Commentaire de Valence, par de Castillon. *Paris*, 2 vol. *in*-12.

De Divinatione, *latin-français*, par Régnier Desmarais, suivi du Traité de la Consolation, par Morabin. *Paris*, *in*-12.

Epistolarum Selectarum libri quatuor, *latin-français en regard*, nouvelle traduction. *Paris*, *in*-18.

DISCOURS
DE M. T. CICÉRON
POUR P. SYLLA,

LATIN-FRANÇAIS EN REGARD,

TRADUCTION D'ATH. AUGER.

CORRIGÉ ET AUGMENTÉ DE NOTES

PAR E. P. ALLAIS.

PARIS,

DE L'IMPRIMERIE D'AUGUSTE DELALAIN,

LIB.-ÉDIT., rue des Mathurins-St.-Jacques, n° 5.

1825.

PLAIDOYER

DE M. T. CICÉRON

POUR P. SYLLA.

LATIN-FRANÇAIS EN REGARD.

M. T. CICERONIS
ORATIO
PRO P. SULLA.

ARGUMENTUM.

M. Æmilio Lepido et L. Volcatio Rullo Coss. P. Sulla et P. Autronius, designati Coss., damnati fuerant de ambitu, et in eorum locum accusatores L. Cotta et L. Torquatus, legis beneficio successerant. Hoc judicium mox consecuta erat prima Catilinæ conjuratio, quâ consulibus et plerisque senatoribus conjurati perniciem machinabantur. Post triennium altera Catilinæ conjuratio in consulatu Ciceronis erupit. Quum conscii plerique pœnas dedissent, L. Torquati filius adolescens P. Sullæ nomen de utraque illa conjuratione detulit. Prioris conjurationis crimen propulsavit Q. Hortensius, qui tum præsens adfuerat, quum de ea quæreretur. De posteriore Cicero, qui eam patefecerat atque oppresserat, hac oratione Sullam defendit.

Acta causa est Silano et Murenâ Coss., anno Urbis 691, *Ciceronis* 45. *Hoc enim anno, ex indicio L. Vectii, equitis Romani, qui de Catilinæ sociis in Urbe remanserant, partim præsentes, partim quum citati non respondissent, damnati sunt.*

I. MAXIME vellem, Judices, ut P. Sulla et antea dignitatis suæ splendorem obtinere, et, post calami-

PLAIDOYER
DE M. T. CICÉRON
POUR P. SYLLA.

SOMMAIRE.

Sous le consulat de M. Emilius Lépidus et de L. Volcatius Rullus, P. Sylla et P. Autronius, consuls désignés, avaient été condamnés comme coupables de brigues : L. Cotta et L. Torquatus, leurs accusateurs, avaient été nommés à leur place aux termes de la loi. Ce jugement précéda de quelque temps la première conjuration de Catilina, dans laquelle les conspirateurs avaient résolu la perte des consuls et de la plupart des sénateurs. Trois ans après éclata la seconde conjuration de Catilina sous le consulat de Cicéron. Après que la plupart des complices eurent été punis, le jeune Torquatus, fils du consulaire, accusa P. Sylla d'avoir trempé dans les deux conjurations. Q. Hortensius, qui s'était alors trouvé présent à l'accusation, fut chargé du soin de justifier Sylla sur le chef de la première conjuration. Quant à la seconde, Cicéron, qui l'avait découverte et étouffée, entreprit de le défendre par ce plaidoyer.

Cette cause fut plaidée sous le consulat de Silanus et de Muréna, l'an de Rome 691, dans la quarante-cinquième année de Cicéron. Car cette même année, d'après les dénonciations de L. Vectius, chevalier romain, ceux d'entre les complices de Catilina qui étaient restés à Rome furent condamnés, soit par contumace, soit après comparution.

I. J'AURAIS surtout désiré, Romains, que Sylla eût pu se maintenir dans toute la splendeur de son rang,

tatem acceptam, modestiæ fructum aliquem potuisset percipere. Sed, quoniam ita tulit casus infestus, ut amplissimo in honore (1) quum communi ambitionis invidiâ, tum singulari Autronii odio everteretur, et, in his pristinæ fortunæ reliquiis miseris et afflictis, tamen haberet quosdam, quorum animos ne supplicio quidem suo satiare posset : quanquam ex hujus incommodis magnam animo molestiam capio, tamen in cæteris malis facilè patior oblatum mihi tempus, in quo viri boni lenitatem meam misericordiamque, notam omnibus quondam, nunc, quasi intermissam, agnoscerent; improbi ac perditi cives, redomiti atque victi, præcipitante republicâ (*a*), vehementem me fuisse atque fortem, conservatâ, mitem ac misericordem faterentur.

2. Et, quoniam L. Torquatus, meus familiaris ac necessarius, judices, existimavit, si nostram in accusatione sua necessitatem familiaritatemque violasset, aliquid se de auctoritate meæ defensionis posse detrahere; cum hujus periculi propulsatione conjungam defensionem officii mei. Quo quidem genere non uterer orationis, judices, hoc tempore, si mea solùm interesset : multis enim mihi locis et data facultas est, et sæpe dabitur de mea laude dicendi. Sed, ut ille, judices, quantum de mea auctoritate deripuisset, tantum se de ejus præsidiis deminuturum (2); sic hoc ego sentio, si mei facti rationem vobis, constantiam-

(1) C'est ainsi que lisent Lallemant et beaucoup d'autres. Quelques éditions portent *amplissimo honore*.

(*a*) Lorsque la république était sur le penchant de sa ruine.

(2) Les uns ajoutent, après *deminuturum*, *putavit*; les autres, *speravit*. Gruter, Grévius et Lallemant ne mettent rien.

ou du moins, après sa disgrâce, tirer quelque fruit de sa modération : mais puisque tel a été son malheureux sort, qu'élevé au comble des honneurs, il a été renversé, soit par l'envie, persécutrice ordinaire de ceux qui courent cette carrière, soit par la haine qu'on portait en particulier à Autronius (1) ; puisqu'au milieu des tristes débris de son ancienne fortune, il a trouvé des hommes dont l'animosité ne pourrait être assouvie même par son supplice : tout affecté que je puis être de ses malheurs, je vois sans peine que, parmi tous ses maux, il se présente à moi une occasion de rappeler aux gens de bien ma douceur et ma sensibilité autrefois si connues de tout le monde, maintenant presque oubliées, et de faire convenir les mauvais citoyens, domptés par des actes de rigueur, que, si j'ai été ferme et sévère lorsque la république était sur le penchant de sa ruine, à présent qu'elle est rétablie, je suis redevenu doux et sensible.

2. Et puisque Torquatus, mon ami particulier, a cru que moins il ménagerait notre amitié dans son accusation, plus il pourrait affaiblir l'autorité de ma défense, je ne séparerai point la justification de Sylla de celle de ma conduite. En cela, Romains, je ne considère nullement mon intérêt personnel ; car j'ai souvent eu et j'aurai souvent occasion de faire mon apologie : mais comme l'accusateur s'est flatté que plus il ôterait de poids à mes paroles, plus il diminuerait les ressources de celui que je défends, je pense aussi moi que je ne puis vous convaincre de la régularité de ma démarche et de la solidité des motifs qui m'engagent à plaider

(1) Publius Autronius Pœtus, un des principaux complices de Catilina.

que hujus officii ac defensionis probavero, causam quoque me P. Sullæ probaturum.

3. Ac primùm abs te illud, L. Torquate, quæro, cur me à cæteris clarissimis viris, ac principibus civitatis, in hoc officio, atque in hoc defensionis jure secernas : quid enim est, quamobrem abs te Q. Hortensii factum, clarissimi atque ornatissimi viri, non reprehendatur, reprehendatur meum ? Nam si initum est consilium à P. Sulla inflammandæ civitatis, hujus exstinguendi imperii, delendæ urbis ; mihi majorem hæ res dolorem, quàm Q. Hortensio, mihi majus odium afferre debent ? meum denique gravius esse judicium (1), qui adjuvandus in his causis, qui oppugnandus, qui defendendus, qui deserendus esse videatur ?

II. Ita, inquit : tu enim investigasti, tu patefecisti conjurationem. Quod quum dicit, non attendit eum, qui patefecerit, hoc curasse, ut id omnes viderent, quod antea fuisset occultum. Quare ista conjuratio, si patefacta per me est, tam patet Hortensio, quàm mihi : quem quum videas hoc honore, auctoritate, virtute, consilio præditum, non dubitasse, quin innocentem P. Sullam defenderet ; quæro, cur, qui aditus ad causam Hortensio patuerit, mihi interclusus (*a*) esse debuerit. Quæro illud etiam, si me, qui defendo, reprehendendum putas esse, quid tandem de his existimes summis viris et clarissimis civibus, quorum stu-

(1) « Me faut-il, en un mot, examiner plus sérieusement. » Sous-entendez *debet*.

(*a*) Remarquez cette métaphore bien suivie : *aditus ad causam patuerit... interclusus*.

pour Sylla, sans vous convaincre en même temps de la bonté de sa cause.

3. Et d'abord, Torquatus, je vous le demande, pourquoi, dans la défense que j'ai cru devoir entreprendre avec d'autres citoyens illustres, les premiers de la ville, pourquoi séparez-vous leur cause de la mienne? Quelle raison avez-vous de condamner en moi une démarche que vous ne condamnez pas dans Hortensius (1), cet homme d'un rang et d'un mérite si distingué? S'il est vrai que Sylla ait formé le projet de livrer tout aux flammes, d'anéantir cet empire, de renverser Rome, ce projet affreux doit-il me causer plus de douleur et d'indignation qu'à Hortensius? me faut-il en un mot, examiner plus sérieusement qui je dois, dans de pareilles causes, secourir ou attaquer, défendre ou abandonner?

II. Oui, dit-il, car c'est vous qui avez fait les recherches; c'est vous qui avez découvert la conjuration. En parlant ainsi, Torquatus ne voit pas qu'on n'a pu découvrir ce qui auparavant était caché, sans le dévoiler pour tout le monde. Si donc la conjuration a été découverte par mon moyen, elle doit être aussi parfaitement connue d'Hortensius que de moi. Or, Torquatus, lorsqu'un homme de ce rang, de cette réputation, de cette vertu, de cette prudence, n'a pas craint de défendre Sylla comme innocent, je vous demande pourquoi, rien n'ayant éloigné Hortensius d'entreprendre cette affaire, je n'aurais, moi, que des raisons qui me repousseraient. Je vous demande encore, à vous qui croyez devoir me blâmer de défendre Sylla, ce que vous pensez de ces grands hommes, de ces citoyens

(1) Un des principaux défenseurs de Sylla.

dio et dignitate celebrari hoc judicium, ornari causam; defendi hujus innocentiam vides? Non enim una est ratio defensionis ea, quæ posita est in oratione : omnes, qui adsunt, qui laborant (*a*), qui salvum volunt, pro sua parte atque auctoritate defendunt.

5. An verò, in quibus subselliis hæc ornamenta ac lumina reipublicæ viderem, in his me apparere nollem, quorum ego operâ illum in locum, atque in hanc celsissimam sedem dignitatis atque honoris, multis meis ac magnis laboribus et periculis, adscendissem? Atque, ut intelligas, Torquate, quem accuses, si te id offendit, quòd ego, qui hoc genere quæstionis defenderim neminem, non desim P. Sullæ, recordare de cæteris, quos adesse huic vides : intelliges et de hoc, et de cæteris judicium meum et horum par atque unum fuisse.

6. Quis nostrûm adfuit Varguntelo? nemo : ne hic quidem Q. Hortensius, præsertim qui illum solus antea de ambitu defendisset : non enim jam se ullo officio cum illo conjunctum arbitrabatur, quum ille, tanto scelere commisso, omnium officiorum societatem diremisset. Quis nostrûm Ser. Sullam? quis P.? quis M. Læcam? quis Cornelium defendendum

(*a*) Qui s'intéressent pour l'accusé.

illustres, que vous voyez assister en grand nombre au jugement, qui, par leur présence et par l'intérêt qu'ils prennent à la cause, honorent cette assemblée et défendent l'innocence de Sylla. Non, plaider pour un accusé n'est pas la seule manière de le défendre. Assister au jugement, s'intéresser pour celui qu'on accuse, demander qu'il soit absous, c'est le défendre pour sa part et de tout son pouvoir.

5. Aurais-je donc refusé de paraître sur un siége où j'apercevais ces hommes, les lumières et les ornemens de la république, avec le secours desquels j'étais parvenu, après bien des travaux et des périls, au comble des honneurs, à ce haut rang où je me vois élevé. Apprenez, Torquatus, quel est l'homme dont vous attaquez la démarche. Si vous êtes choqué de ce que je n'abandonne pas Sylla, moi qui n'ai défendu personne sur le chef dont on l'accuse, rappelez-vous la conduite de ceux que vous voyez solliciter pour lui; vous verrez qu'eux et moi, nous avons toujours pensé de même de Sylla et de tous les autres.

6. Qui de nous a sollicité pour Varguntéius (1)? personne, pas même Hortensius, qui, seul auparavant, l'avait défendu dans une accusation de brigue, mais qui croyait n'avoir plus aucune liaison avec celui qui, en commettant un si grand crime, avait rompu toutes les liaisons. Qui de nous a cru devoir défendre Servius ou Publius Sylla (2), ou Marcus

(1) Lucius Varguntéius, sénateur, un des conjurés, qui, conjointement avec Caïus Cornélius, de l'ordre équestre, s'était chargé d'assassiner Cicéron dans sa maison.

(2) Servius et Publius Sylla, aussi conjurés, de la même famille que celui qui est défendu par Cicéron.

putavit? quis his horum adfuit? nemo. Quid ita? quia cæteris in causis, etiam nocentes viri boni, si necessarii sunt, deserendos esse non putant; in hoc crimine non solùm levitatis est culpa, verùm etiam quædam contagio sceleris, si defendas eum, quem obstrictum esse patriæ parricidio suspicere.

7. Quid Autronio? nonne sodales, non collegæ sui, non veteres amici, quorum ille copiâ quondam abundaret, non hi omnes, qui sunt in republica principes (*a*), defuerunt? immo etiam testimonio plerique læserunt? Statuerant, tantum illud esse maleficium, quod non modò non occultari per se, sed etiam aperiri, illustrarique deberet.

III. Quamobrem quid est, quod mirere, si cum iisdem me in hac causa vides adesse, cum quibus in cæteris intelligis abfuisse? nisi verò me unum vis ferum, præter cæteros, me asperum, me inhumanum existimari, me singulari immanitate et crudelitate præditum. Hanc mihi tu si, propter res meas gestas, imponis in omni vita mea personam, Torquate, vehementer erras: me natura misericordem, patria seve-

(*a*) Tous les principaux de l'état.

Læca (1), ou Caïus Cornélius ? Qui, de ceux que nous voyons ici présens, a sollicité pour eux? aucun. Pourquoi? c'est que, dans les autres causes, les gens de bien ne pensent pas devoir abandonner même des coupables qui sont leurs amis ou leurs proches. Dans une accusation telle que celle-ci, ce ne serait pas seulement commettre une faute de légèreté, ce serait en quelque sorte se rendre complice du crime, que de défendre celui que l'on soupçonne s'être souillé d'un horrible attentat envers la patrie.

7. Pour Autronius, ses compagnons, ses collègues, ses anciens amis (et il en avait eu un grand nombre), tous les principaux de l'état ne l'ont-ils pas abandonné? la plupart même ne l'ont-ils pas chargé par leurs dépositions? Sans doute ils étaient convaincus que son forfait était si affreux, que, loin qu'il fût permis de le cacher, on devait se croire obligé de le produire au grand jour.

III. Devez-vous donc être surpris, Torquatus, de voir que, pour défendre un citoyen innocent, je me joins à des hommes qui, comme moi, se sont refusés à la défense de citoyens coupables? Voulez-vous qu'on me croie plus dur, plus féroce, plus inhumain qu'aucun autre, d'une cruauté et d'une barbarie sans exemple? Si vous prétendez que les actions de mon consulat m'obligent à soutenir toute ma vie le même personnage, vous êtes grandement dans l'erreur. La nature

---

C'est une faute de lire ici avec Ernesti, *quis P. Lentulum.*

(1) Marcus Porcius Læca, sénateur, complice de la conjuration, qui prêta sa maison à une assemblée des conjurés. D'autres lisent *Leccam.*

rum ; crudelem nec patria, nec natura esse voluit. Denique istam ipsam personam vehementem et acrem, quam mihi tum tempus et respublica imposuit, jam voluntas, et natura ipsa detraxit : illa enim ad breve tempus severitatem postulavit ; hæc in omni vita misericordiam lenitatemque desiderat.

9. Quare nihil est, quòd ex tanto comitatu virorum amplissimorum me unum abstrahas : simplex officium, atque una est bonorum omnium causa ; nihil erit, quod admirere posthac, si in ea parte, in qua hos animadverteris, me videbis : nulla est enim in republica causa mea propria. Tempus agendi fuit magis mihi proprium (a), quàm cæteris ; doloris verò, et timoris, et periculi fuit illa causa communis: neque enim princeps tunc ad salutem esse potuissem, si esse alii comites noluissent. Quare necesse est, quod mihi consuli præcipuum fuit præter alios, id jam privato cum cæteris esse commune. Neque ego hoc partiendæ invidiæ, sed communicandæ laudis causâ loquor. Oneris mei partem nemini impertio ; gloriæ, bonis omnibus.

10. In Autronium testimonium dixisti, inquit : Sullam defendis. Hoc totum ejusmodi est, Judices, ut, si ego sim inconstans ac levis, nec testimonio fidem tribui convenerit, nec defensioni auctoritatem : sin est in me ratio reipublicæ, religio privati officii,

(1) Il fut un temps où l'obligation d'agir me regardait plus particulièrement

m'a fait sensible, la patrie m'a rendu sévère : la patrie ni la nature ne veulent que je sois cruel. Enfin, ce personnage de fermeté et de rigueur que m'ont fait prendre les circonstances et la république, l'inclination et la nature me l'ont fait déposer. La république a exigé de moi dans le temps un court effort de sévérité; la nature me porte toute ma vie à des sentimens de douceur et de compassion.

9. Vous n'avez donc aucune raison de me séparer d'un si grand nombre de citoyens illustres. Le devoir des gens de bien est le même; leur cause ne se divise pas. Ne soyez donc point surpris à l'avenir de me voir rangé du côté où vous apercevrez ces personnages respectables. Je n'ai point dans la république de cause à part. Il y a eu un temps où l'obligation d'agir me regardait plus particulièrement que d'autres : mais la douleur et les alarmes que devaient causer les périls de la patrie, je les partageais avec tout le monde. Non, je n'aurais pu vous sauver tous en me mettant à votre tête, si personne n'eût voulu me suivre. Il faut donc nécessairement que ce qui m'était propre à moi seul, étant consul, me soit commun avec d'autres, à présent que je suis redevenu particulier. Je le dis, non pour répartir sur plusieurs ce qu'il y a de désagréable dans mes actions, mais pour rendre commun à tous ce qu'il y a d'honorable. Je prends sur moi tout le fardeau; la gloire, je la partage avec tous les gens de bien.

10. Vous avez déposé, dit-il, contre Autronius, et vous défendez Sylla. Si je suis réellement coupable de légèreté et d'inconséquence, il s'ensuivra qu'on ne devait pas en croire ma déposition, ni à présent écouter ma défense. Mais si je suis en même temps dévoué aux intérêts de la république, fidèle à servir mes amis,

studium retinendæ voluntatis bonorum; nihil minus accusator debet dicere, quàm à me defendi Sullam, testimonio læsum esse Autronium. Videor enim non solùm studium ad defendendas causas, verùm opinionis aliquid et auctoritatis, afferre; quâ et moderatè ego utar, judices, et omnino non uterer, si ille me non coëgisset.

IV. Duæ conjurationes abs te, Torquate, constituuntur: una, quæ Lepido et Volcatio, consulibus, patre tuo consule designato, facta esse dicitur; altera, quæ me consule. Harum in utraque Sullam dicis fuisse. Patris tui, fortissimi viri, atque optimi consulis, scis me consiliis non interfuisse: scis me, quum mihi summus tecum usus esset, tamen illorum expertem temporum et sermonum fuisse: credo, quòd nondum penitus in republica versabar, quòd nondum ad propositum mihi finem honoris perveneram, quòd mea me ambitio et forensis labor ab omni illa cogitatione abstrahebat.

12. Quis ergo intererat vestris consiliis? omnes hi, quos vides huic adesse, et in primis Q. Hortensius; qui quum propter honorem ac dignitatem, atque animum eximium in rempublicam (*a*), tum propter summam familiaritatem, summumque amorem in patrem tuum, tum communibus, tum præcipuis patris tui periculis commovebatur. Ergo istius conjurationis crimen defensum ab eo est, qui interfuit, qui cognovit, qui parti-

---

(*a*) Ses excellentes intentions pour la république.

jaloux de l'estime des gens de bien, Torquatus ne doit en aucune sorte me reprocher de défendre Sylla, après avoir chargé Autronius par mon témoignage: car il me semble que j'apporte dans les causes, non-seulement du zèle pour les défendre, mais une réputation de vertu et quelque autorité. J'userai modérément de ces avantages; et je ne songerais nullement à m'en prévaloir, si l'accusateur ne m'y forçait.

IV. Vous établissez, Torquatus, deux conjurations (1); l'une que l'on dit avoir été formée sous les consuls Lépidus et Rullus, votre père étant consul désigné; et l'autre, sous mon consulat. Sylla, dites-vous, était complice de toutes les deux. Je ne suis pas entré, vous le savez, dans les conseils de votre père, homme ferme, excellent consul; malgré nos liaisons intimes, je n'ai eu, vous le savez, aucune part à ce qui se faisait et se disait alors. La raison, sans doute, c'est que je ne m'étais pas encore livré entièrement aux affaires publiques, que je n'étais pas encore parvenu aux honneurs, objet de mes vœux, et que mes démarches pour y parvenir, et mon travail du barreau, me détournaient de toute autre idée.

12. Qui donc était admis à vos conseils? tous ceux que vous voyez ici présens, et surtout Hortensius. Le rang et la considération dont il jouissait, ses excellentes intentions pour la république, ses liaisons étroites avec votre père, son vif amour pour sa personne, l'alarmaient sur les périls de l'état et sur ceux de son ami en particulier. Ainsi, pour la première conjuration, Sylla a été défendu par celui qui n'en igno-

(1) Par rapport à ces deux conjurations, voyez le sommaire.

ceps et consilii vestri fuit, et timoris : cujus in hoc crimine propulsando quum esset copiosissima atque ornatissima oratio, tamen non minùs inerat auctoritatis in ea, quàm facultatis. Illius igitur conjurationis, quæ facta contra vos, delata ad vos, à vobis prolata esse dicitur, ego testis esse non potui : non modò enim nihil comperi, sed vix ad aures meas istius suspicionis fama pervenit.

13. Qui vobiscum in consilio fuerunt, qui vobiscum illa cognorunt, quibus ipsis periculum tum conflari putabatur (*a*), qui Autronio non adfuerunt, qui in illum testimonia gravia dixerunt, hunc defendunt, huic adsunt, in hujus periculo declarant, se non crimine conjurationis, ne adessent cæteris, sed hominum maleficio, deterritos esse. Mei consulatûs autem tempus, et crimen maximæ conjurationis à me defendetur. Atque inter nos partitio non est fortuitò, judices, nec temerè facta ; sed, quum videremus eorum criminum nos patronos adhiberi, quorum testes esse possemus, uterque nostrûm id sibi suscipiendum putavit, de quo aliquid scire ipse atque existimare potuisset.

V. Et, quoniam de criminibus superioris conjurationis Hortensium diligenter audistis, de hac conjuratione, quæ, me consule, facta est, hoc primùm attendite. Multa, quum essem consul, de summis reipublicæ periculis audivi, multa quæsivi, multa cognovi : nullus unquam de Sulla nuncius ad me, nullum indicium, nullæ litteræ pervenerunt, nulla su-

---

(*a*) Ceux qu'on croyait que le danger menaçait.

nait aucune circonstance, qui a assisté à vos conseils, qui a partagé vos alarmes : et quoique son discours eût toute la force et tous les ornemens dont l'éloquence est susceptible, cependant l'autorité de la personne ne le cédait pas au talent de l'orateur. Je n'ai donc pu être témoin de la première conjuration, que l'on dit avoir été tramée contre vous, vous avoir été dénoncée, avoir été dévoilée par vous. Je n'en ai rien appris de certain, à peine un bruit confus en est-il parvenu jusqu'à mes oreilles.

13. Ceux qui en furent instruits avec vous, qui furent admis à vos conseils, que le danger menaçait, à ce qu'on pensait alors, ceux qui n'ont pas sollicité pour Autronius, qui l'ont chargé par leur témoignage, défendent Sylla, sollicitent en sa faveur, déclarent, dans le péril où ils le voient, que ce qui les a empêchés de solliciter pour les autres, ce n'est pas l'accusation à eux intentée, mais leur crime. Je défendrai Sylla, pour le temps où j'étais consul, et sur le chef de la grande conjuration. Ce partage, Romains, entre Hortensius et moi ne s'est pas fait au hasard et sans motif : comme on nous prenait pour défenseurs d'une cause où nous pouvions être témoins, chacun de nous deux a cru devoir se charger de la partie dont il était le mieux instruit, dont il pouvait parler avec le plus de connaissance.

V. Et puisque vous avez écouté attentivement Hortensius discuter les griefs de la première conjuration, écoutez d'abord cette remarque sur celle qui s'est tramée sous mon consulat. J'ai reçu, étant consul, bien des rapports sur les dangers extrêmes de la république, j'ai fait bien des recherches, j'ai acquis bien des connaissances. Il ne m'est venu contre Sylla au-

spicio. Multùm hæc vox fortasse deberet valere ejus hominis, qui consul insidias reipublicæ consilio investigasset, veritate aperuisset, magnitudine animi vindicasset, quum ipse nihil audisse de P. Sulla, nihil suspicatum esse diceret. Sed ego nondum utor hac voce ad hunc defendendum ; ad purgandum me potiùs utor : ut mirari Torquatus desinat, me, qui Autronio abfuerim (*a*), Sullam defendere.

15. Quæ enim Autronii fuit causa ? quæ Sullæ est ? ille ambitûs judicium tollere ac disturbare primùm conflato voluit gladiatorum ac fugitivorum tumultu ; deinde, id quod vidimus omnes, lapidatione atque concursu : Sulla, si sibi suus pudor, ac dignitas non prodesset, nullum auxilium requisivit. Ille damnatus ita se gerebat, non solùm consiliis et sermonibus, verùm etiam adspectu atque vultu, ut inimicus esse amplissimis ordinibus, infestus bonis omnibus, hostis patriæ videretur : hic se ita fractum illâ calamitate atque afflictum putavit, ut nihil sibi ex pristina dignitate superesse arbitraretur, nisi quod modestia retinuisset.

16. Hac verò in conjuratione, quid tam conjunctum, quàm ille cum Catilina, cum Lentulo ? quæ tanta societas ullis inter se rerum optimarum, quanta ei cum illis, sceleris, libidinis, audaciæ ? quod flagitium Lentulus non cum Autronio concepit ? quod sine eodem illo Catilina facinus admisit ? quum interim

(*a*) Après avoir abandonné Autronius.

cune délation, aucun indice, aucune lettre, aucun soupçon. Ces paroles, je crois, devraient être d'un grand poids de la part d'un homme qui, étant consul, a découvert avec quelque intelligence les noirs desseins formés contre la république, les a dévoilés avec droiture, les a punis avec vigueur; on devrait l'écouter, lorsqu'il dit n'avoir rien appris sur Sylla, n'avoir rien soupçonné. Mais ce n'est pas encore pour le défendre que j'emploie ce langage; c'est plutôt pour me justifier moi-même, pour que Torquatus cesse d'être surpris que je défende Sylla après avoir abandonné Autronius.

15. Quelle différence en effet entre la cause d'Autronius et celle de Sylla! Tous deux accusés de brigue, l'un avait voulu troubler et empêcher le jugement, d'abord en suscitant une émeute de gladiateurs et d'esclaves fugitifs; ensuite, ce que nous avons vu tous, en soulevant le peuple et faisant jeter des pierres: l'autre était disposé à n'employer pour lui-même nul moyen, si sa modestie et son nom ne lui étaient d'aucun secours. Les démarches d'Autronius condamné, ses paroles, son air, son regard, tout montrait en lui l'ennemi déclaré, l'ennemi mortel des premiers ordres de l'état, de tous les gens de bien, de la patrie. Abattu et consterné par sa disgrâce, Sylla était persuadé que, de son ancien lustre, il lui restait seulement ce que sa modération en avait pu conserver.

16. Dans la seconde conjuration, qui jamais fut plus lié qu'Autronius avec Catilina, avec Lentulus? Des intérêts honnêtes formèrent-ils jamais entre des hommes une société plus étroite qu'entre eux le crime, les dissolutions, les attentats? Est-il un projet d'infamie que Lentulus n'ait pas conçu avec Autronius? Est-il un coup de hardiesse que Catilina ait

Sulla cum eisdem illis non modò noctem solitudinemque non quæreret, sed ne mediocri quidem sermone et congressu conjungeretur.

17. Illum Allobroges, maximarum rerum verissimi indices, illum multorum litteræ ac nuncii coarguerunt : Sullam interea nemo insimulavit, nemo nominavit. Postremò, ejecto, sive emisso jam ex Urbe Catilinâ, ille arma misit, cornua, tubas, fasces (1), signa legionis (2); ille relictus intus, exspectatus foris, Lentuli pœnâ compressus, convertit se aliquando ad timorem, nunquam ad sanitatem : hic contrà ita quievit, ut eo tempore omni Neapoli fuerit, ubi neque homines fuisse putantur hujus affines suspicionis ; et locus est ipse non tam ad inflammandos calamitosorum animos, quàm ad consolandos accommodatus.

VI. Propter hanc igitur tantam dissimilitudinem hominum atque causarum, dissimilem me in utroque præbui. Veniebat enim ad me, et sæpe veniebat Autronius, multis cum lacrymis, supplex, ut se defenderem; et se meum condiscipulum in pueritia, familiarem in adolescentia, collegam in quæstura commemorabat fuisse ; multa mea in se, nonnulla etiam sua in me proferebat officia : quibus ego rebus, Judices, ita flectebar animo atque frangebar, ut etiam ex memoria, quas mihi ipsi fecerat insidias, deponerem;

---

(1) « Des faisceaux. » Les uns lisent *falces*, des faux ; les autres, *faces*, des torches.

(2) C'est ainsi qu'il faut lire, d'après la conjecture d'un savant. D'autres éditions portent *signa*, *legiones*, des étendards, des légions.

fait sans lui? Cependant Sylla, loin de chercher avec ces mêmes hommes la nuit et la solitude, n'avait pas même avec eux le moindre entretien, la moindre entrevue.

17. Les Allobroges, dénonciateurs véridiques de faits importans, beaucoup de lettres et de délations chargeaient Autronius, au lieu que Sylla n'était dénoncé, n'était nommé par personne. Enfin, lorsque Catilina fut chassé de Rome, ou qu'il s'en fut échappé, Autronius lui envoya des armes, des clairons, des trompettes, des faisceaux, des étendards : laissé dans la ville, attendu au camp, abattu par le supplice de Lentulus, il éprouva enfin de la crainte, jamais de repentir. Sylla, au contraire, s'est tenu tranquille ; il est resté pendant tout le temps à Naples, où l'on ne croit pas qu'il se soit réfugié des hommes soupçonnés d'avoir eu part à la conjuration; d'ailleurs le lieu même (1) est moins propre à soulever des citoyens dans la disgrâce qu'à les consoler.

VI. Voyant donc une si grande différence dans les personnes et dans leur cause, je me suis comporté différemment pour l'un et pour l'autre. Autronius venait souvent me trouver ; il me suppliait les larmes aux yeux de le défendre ; il me rappelait qu'il avait été mon condisciple dans l'enfance, mon ami intime dans la jeunesse, mon collègue dans la questure. Il me citait de bons offices réciproques, beaucoup de ma part, quelques-uns de la sienne. Ces motifs me touchaient, et m'amollissaient le cœur au point de me faire oublier

(1) La ville de Naples était peu connue, tranquille; il s'y rassemblait peu de monde ; enfin c'était une retraite paisible, peu propre à exciter des troubles.

ut jam immissum esse ab ea C. Cornelium, qui me in sedibus meis, in conspectu uxoris meæ ac liberorum meorum trucidaret, oblivis cerer. Quæ si de uno mec ogitasset, quâ mollitiâ sum animi ac lenitate (*a*), nunquam mehercule illius lacrymis ac precibus restitissem.

19. Sed, quum mihi patriæ, quum vestrorum periculorum, quum hujus urbis, quum illorum delubrorum atque templorum, quum puerorum infantium, quum matronarum ac virginum veniebat in mentem; et quum illæ infestæ ac funestæ faces, universumque totius urbis incendium, quum tela, quum cædes, quum civium cruor, quum cinis patriæ versari ante oculos, atque animum memoriâ refricare cœperat : tum denique ei resistebam, neque solùm illi hosti ac parricidæ, sed his etiam propinquis illius Marcellis, patri et filio, quorum alter apud me parentis gravitatem, alter filii suavitatem obtinebat; neque me arbitrabar sine summo scelere posse, quod maleficium in aliis vindicassem, idem in illorum socio, quum scirem, defendere.

20. Atque idem ego neque P. Sullam supplicem ferre, neque eosdem Marcellos pro hujus periculis lacrymantes adspicere, neque hujus M. Messalæ, hominis necessarii, preces sustinere potui. Neque enim est causa adversata naturæ; nec homo, nec res

---

(*a*) Remarquez cette élégante tournure latine, *quâ mollitiâ sum...*

qu'il avait même attenté à mes jours ; je ne songeais plus qu'il avait envoyé chez moi Cornélius pour m'égorger dans ma maison, aux yeux de ma femme et de mes enfans. Si ses noirs projets fussent tombés sur moi seul, ma grande douceur et mon extrême facilité ne m'auraient point permis, certes, de résister à ses larmes et à ses instances.

19. Mais la patrie, mais les malheurs dont vous aviez été menacés, mais cette ville, mais les temples et les autels, mais les tendres enfans, les mères et leurs filles venaient s'offrir à mon esprit ; mais les torches allumées pour notre ruine, pour l'embrasement de la ville entière, mais les épées tirées, mais les massacres, mais le sang des citoyens, mais les cendres de la patrie, toutes ces horreurs venaient se présenter à mes yeux, se retracer à ma mémoire : et alors je résistais, non seulement à cet ennemi, à ce parricide, mais encore à ses parens, aux Marcellus (1) père et fils, quoique j'eusse voué à l'un la vénération qu'on a pour un père, et à l'autre la tendresse qu'on a pour un fils : un forfait que j'avais puni dans plusieurs, je ne croyais pas pouvoir, sans un crime affreux, le défendre dans celui que j'en savais le complice.

20. Mais je n'ai pu tenir, ni contre les supplications de Sylla accusé, ni contre les larmes des mêmes Marcellus, ni contre les prières de Messala (2), mon ami intime. Car je ne voyais rien dans la cause qui combattît le penchant de mon cœur ; ni la personne, ni

(1) Ces deux Marcellus avaient le surnom de Caïus : nous avons des lettres de Cicéron qui leur sont adressées.

(2) Marcus Messala Niger, très-bon orateur.

misericordiæ meæ repugnavit : nusquam nomen, nusquam vestigium fuerat, nullum crimen, nullum indicium, nulla suspicio. Suscepi causam, Torquate, suscepi, et feci libenter, ut me, quem boni constantem semper, ut spero, existimassent, eumdem ne improbi quidem crudelem dicerent.

VII. Hîc ait se ille, Judices, regnum meum ferre non posse. Quod tandem, Torquate, regnum? consulatûs, credo, mei : in quo ego imperavi nihil, sed contrà patribus conscriptis et bonis omnibus parui; quo in magistratu non institutum est à me, judices, regnum, sed repressum (1). An tum, in tanto imperio, tanta potestate, non dicis fuisse regem; nunc privatum regnare dicis? quo tandem nomine? Quòd, in quos testimonia dixisti, inquit, damnati sunt; quem defendis, sperat se absolutum iri. Hîc tibi ego de testimoniis meis hoc respondeo : Si falsum dixerim, te in eos dixisse (2); sin verum, non esse hoc regnare, quum verum juratus dicas, probare.

22. De hujus spe tantùm dico, nullas à me opes

---

(1) *Sed repressum.* On lit ordinairement, *sed non permissum*, qu'Enersti a conservé. Un manuscrit porte, *sed repulsum.*

(2) « Vous avez parlé vous même contre ceux que j'ai chargés par mon témoignage. » Et par conséquent vous n'avez point parlé selon la vérité.

l'affaire ne contredisaient mon humeur compatissante. Je n'avais trouvé nulle part le nom de Sylla : il n'y avait contre lui aucune trace de complicité, aucun grief, aucun indice, aucun soupçon. Je me suis chargé de la cause, Torquatus ; oui, et je l'ai fait volontiers : celui que tous les gens de bien, comme je m'en flatte, jugeaient un homme ferme, je ne voulais pas que même les méchans pussent le traiter de cruel.

VII. Ici Torquatus se plaint amèrement que j'exerce dans Rome une espèce d'autorité royale. Qu'entendez-vous, Torquatus, par cette autorité royale ? voulez-vous parler de mon consulat? ce consulat dans lequel je n'ai jamais commandé, mais au contraire obéi aux sénateurs et à tous les gens de bien. Étant consul, loin de m'ériger en roi, j'ai empêché qu'un autre ne devînt le maître. Direz-vous, Torquatus, que je n'ai pas régné en roi, quand j'étais revêtu de la suprême magistrature, et que je règne à présent que je suis simple particulier ? qu'est-ce qui vous le ferait dire? Ceux, dit-il, contre lesquels vous avez déposé ont été condamnés (1), et celui que vous défendez espère être absous. Au sujet de mes dépositions, voici ma réponse : si j'ai déposé faussement, vous avez parlé vous-même contre ceux que j'ai chargés par mon témoignage ; si j'ai déposé selon la vérité, ce n'est pas régner en tyran que de déterminer des juges par une déposition véridique.

22. Quant aux espérances de Sylla, je me contente

---

(1) Quels étaient ceux que Cicéron avait chargés par son témoignage, et qu'il avait fait condamner? c'était entre autres, comme nous le voyons par la suite, Autronius, quoique l'orateur semble dire ici qu'il l'avait seulement abandonné.

P. Sullam, nullam potentiam, nihil denique, præter fidem defensionis, exspectare. Nisi tu, inquit, causam recepisses, nunquam mihi restitisset; sed, indictâ causâ, profugisset. Si jam hoc tibi concedam, Q. Hortensium, tantâ gravitate hominem, si hos tales viros non suo stare judicio, sed meo; si hoc tibi diem, quod credi non potest, nisi ego huic adessem, hos adfuturos non fuisse: uter tandem rex est, isne, cui innocentes homines non resistunt, an is, qui calamitosos non deserit? At hîc etiam, id quod tibi necesse minimè fuit, facetus esse voluisti, quum Tarquinium, et Numam, et me, tertium peregrinum regem, esse dixisti. Mitto jam de rege quærere: illud quæro, peregrinum cur me esse dixeris. Nam, si ita sum, non tam est admirandum, regem esse me, quia, ut tu vis, etiam peregrini reges Romæ fuerunt, quàm consulem Romæ fuisse peregrinum.

23. Hoc dico, inquit, te esse ex municipio. Fateor, et addo etiam, ex eo municipio, unde ite-

de dire qu'il n'attend de moi ni puissance, ni crédit, rien enfin, excepté le zèle pour le défendre. Si vous ne vous étiez pas chargé de sa cause, dit Torquatus, il ne m'aurait pas répondu, il se serait enfui sans attendre le jugement. Quand je vous accorderais qu'Hortensius, homme d'un si grand poids, que les illustres personnages ici présens, ne se décident point d'après leurs idées, mais d'après les miennes; quand je vous accorderais, ce qui n'est pas croyable, qu'aucun de ces personnages n'aurait sollicité pour Sylla, si je ne l'eusse défendu, lequel, je vous prie, agit en roi, de celui à qui des hommes innocens ne peuvent résister, ou de celui qui n'abandonne pas des malheureux? Ici même, ce qui n'était nullement nécessaire, vous avez voulu vous donner pour plaisant; Tarquin et Numa (1), avez-vous dit, quoique étrangers, ont été rois à Rome, Cicéron est le troisième. Je ne considère pas pour le moment le titre de roi, j'examine pour quelle raison vous m'avez traité d'étranger. Car s'il est vrai que je sois étranger, et si, comme vous dites, même des étrangers ont été rois à Rome, Cicéron roi est quelque chose de moins étonnant qu'un étranger à Rome devenu consul.

23. En vous appelant étranger, répliquez-vous, j'ai voulu dire que vous sortiez d'une ville municipale. J'en conviens, j'ajoute même d'une ville (2) à

---

(1) Numa Pompilius était Sabin; Tarquin l'ancien était Toscan, né d'un père Corinthien.

(2) D'Arpinum, patrie de Marius, qui avait sauvé Rome par la défaite des Cimbres et des Teutons; et de Cicéron, qui l'avait sauvée une seconde fois par la découverte de la conjuration de Catilina.

rum jam salus huic urbi imperioque missa est. Sed scire ex te pervelim, quamobrem, qui ex municipiis veniant, peregrini tibi esse videantur. Nemo enim istuc M. illi Catoni seni, quum plurimos haberet inimicos, nemo T. Coruncanio (1), nemo Curio (2), nemo huic ipsi nostro C. Mario, quum ei multi inviderent, objecit unquam. Equidem vehementer lætor, eum esse me, in quem tu, quum cuperes, nullam contumeliam jacere potueris, quæ non ad maximam partem civium conveniret.

VIII. Sed tamen te à me, pro magnis causis nostræ necessitudinis, monendum esse etiam atque etiam puto. Non possunt omnes esse patricii; si verum quæris, ne curant quidem : nec se æquales tui, propter istam causam, abs te anteiri putant. Ac, si tibi nos peregrini videmur, quorum jam et nomen et honos inveteravit et huic urbi, et hominum famæ ac sermonibus; quàm tibi illos competitores tuos, peregrinos videri necesse erit, qui jam ex tota Italia delecti, tecum de honore et de omni dignitate contendunt? quorum cave tu quemquam peregrinum appelles, ne peregrinorum suffragiis obruare : qui si attulerint nervos et industriam, mihi crede, excutient tibi istam verborum jactationem, et te ex somno sæpe excitabunt; nec patientur, se abs te, nisi virtute vincentur, honore superari.

---

(1) Son prénom, selon un savant, était *Tiberius*. — On lit même ailleurs *Ti. Coruncanio*.

(2) Des éditions portent *Curioni* au lieu de *Curio*.

qui Rome et cet empire ont dû pour la seconde fois leur salut. Mais, Torquatus, je voudrais savoir de vous pourquoi les originaires de villes municipales sont à vos yeux des étrangers. Caton l'ancien avait un grand nombre d'ennemis ; lui a-t-on jamais fait ce reproche? l'a-t-on fait à Coruncanius, à Curius (1), à Marius lui-même, notre compatriote, qui avait tant d'envieux? Pour moi je me réjouis fort que, malgré le désir que vous aviez de me piquer, vous ne m'ayez pu faire qu'un reproche qui tombe sur la plus grande partie des citoyens.

VIII. Cependant nos liaisons intimes m'engagent et me sollicitent à vous donner quelques avis. Tous ne sauraient être patriciens; peu même, s'il faut le dire, sont jaloux de ce titre : et ceux de votre âge ne croient pas que vous deviez pour cette raison avoir la supériorité sur eux. Mais si vous nous traitez d'étrangers, nous dont l'illustration dans cette ville est déjà un peu ancienne, dont le nom a déjà volé dans toutes les bouches ; combien ne regarderez-vous pas nécessairement comme étrangers vos compétiteurs, qui, choisis dans toute l'Italie, prétendent vous disputer les honneurs et les distinctions? Prenez garde d'en traiter quelqu'un d'étranger; car la multitude des étrangers pourrait bien vous accabler de suffrages contraires. S'ils montrent de l'activité et de la vigueur, ils vous feront renoncer, croyez-moi, à la vanité de vos paroles, ils vous réveilleront plus d'une fois, et ne souffriront pas que vous l'emportiez sur eux par les dignités, si vous ne les surpassez par le mérite.

---

(1) Caton l'ancien, Titus Coruncanius, Marcus Curius Dentatus, personnages distingués par leur mérite et par leur courage, étaient originaires de villes municipales.

25. Ac, si, judices, ceteris patriciis me et vos peregrinos videri oporteret, à Torquato tamen hoc vitium sileretur : est enim ipse, à materno genere, municipalis honestissimi ac nobilissimi generis, sed tamen Asculani. Aut igitur doceat, Picentes solos non esse peregrinos, aut gaudeat suo generi me meum ante non ponere. Quare neque me peregrinum posthæc dixeris, ne graviùs refutere; neque regem, ne derideare : nisi fortè regium tibi videtur, ita vivere, ut non modò homini nemini, sed ne cupiditati quidem ulli servias; contemnere omnes libidines; non auri, non argenti, non cæterarum rerum indigere; in senatu sentire liberè; populi utilitati magis consulere, quàm voluntati; nemini cedere, multis obsistere. Si hoc putas esse regium, me regem esse confiteor : sin te potentia mea, si dominatio, si denique aliquod dictum arrogans, aut superbum movet; quin tu id potiùs profers, quàm verbi invidiam, contumeliamque maledicti?

IX. Ego, tantis à me beneficiis in republica positis, si nullum aliud mihi præmium à senatu populoque Romano, nisi honestum otium postularem, quis non concederet? sibi haberent honores, sibi imperia, sibi provincias, sibi triumphos, sibi alia præclaræ laudis insignia; mihi liceret ejus urbis, quam conservassem, conspectu, tranquillo animo et

25. Mais en supposant, Romains, que vous et moi nous dussions être regardés comme étrangers par les autres patriciens, Torquatus devait se taire sur ce défaut, lui qui, du côté de sa mère, sort lui-même d'une ville municipale. Sa famille même de ce côté est très-noble et fort illustre, mais enfin originaire d'Asculum (1). Qu'il montre donc, ou que les seuls habitans du Picenum ne sont pas étrangers, ou qu'il me sache gré de ne pas préférer mon origine à la sienne. Ainsi, Torquatus, ne me traitez pas d'étranger par la suite, dans la crainte d'être réfuté avec force; ne me traitez pas de roi, de peur qu'on ne vous trouve ridicule. A moins qu'il ne vous semble que c'est être roi de vivre sans être asservi à aucun homme, ni même à aucune passion, de mépriser tous les plaisirs des sens, de n'avoir besoin ni d'or ni d'argent, de rien en un mot, de dire librement son avis dans le sénat, de chercher plutôt à ménager les intérêts du peuple qu'à flatter ses désirs, de ne céder à personne, de résister à plusieurs : si vous appelez cela être roi, je le suis, je l'avoue. Si ma puissance, si ma domination, enfin si quelque propos de ma part orgueilleux et fier vous a choqué, que ne le citez-vous plutôt que de me prodiguer un titre odieux, une injure calomnieuse?

IX. Après avoir rendu de si grands services à la république, quand je ne demanderais d'autre récompense au sénat et au peuple romain qu'un repos honorable, qui pourrait me le refuser? Je laisserais aux autres les honneurs, les commandemens, les provinces, les triomphes, les plus magnifiques distinctions : il me serait permis de jouir tranquillement de l'aspect d'une

---

(1) Asculum, ville d'Italie dans le Picenum.

quieto frui? Quid, si hoc non postulo? si ille labor meus pristinus, si sollicitudo, si officia, si operæ, si vigiliæ deserviunt amicis, præstò sunt omnibus? si neque amici in foro requirunt studium meum, neque respublica in curia? si me non modò rerum gestarum vacatio (1), sed neque honoris, neque ætatis excusatio vindicat à labore? si voluntas mea, si industria, si domus, si animus, si aures patent omnibus? si mihi, ne ad ea quidem, quæ pro salute omnium gessi, recordanda et cogitanda quidquam relinquitur temporis? Tamen hoc regnum appellabitur, cujus vicarius qui velit esse, inveniri nemo potest (2), longè abest ab eo (3) regni suspicio.

27. Si quæris, qui sint Romæ regnum occupare conati, ut ne replices annalium memoriam, ex domesticis imaginibus invenies. Res enim gestæ, credo, meæ me nimis extulerunt: ac mihi nescio quos spiritus attulerunt: quibus de rebus tam claris, tam immortalibus, judices, hoc possum dicere, me, qui è summis eripuerim periculis urbem hanc, et vitam omnium civium, satis adeptum fore, si ex hoc tanto in omnes mortales beneficio nullum in me periculum redundarit.

28. Etenim, in qua civitate res tantas gesserim,

---

(1) *Rerum gestarum vacatio.* C'est-à-dire, *immunitas ob res gestas*, ou *immunitas à rebus gerendis.*

(2) « On ne pourrait trouver personne qui voulût « régner en sa place. » Parce que, sans doute, personne ne voudrait se charger du travail pénible auquel il se livre.

(3) C'est ainsi que Lambin a lu et ponctué. On trouve ailleurs *inv. nemo potest? Longe abest reg. susp.*

ville que j'aurais sauvée. Mais si je ne demande pas ce repos; si mes travaux publics et particuliers, si mes soins, mes études et mes veilles sont toujours au service de mes amis, au service de tous; si mon zèle ne manque ni à mes amis dans le barreau, ni à la république dans le sénat; si, ni les actions que j'ai faites, ni les honneurs que j'ai obtenus, ni mon âge, ne me servent d'excuse pour me dispenser du travail; si ma maison est ouverte à tout le monde, si je suis prêt à obliger tout le monde de ma personne ou de mes conseils, si je ne me laisse pas même le temps de penser à ce que j'ai fait pour le salut commun, de le rappeler en mon souvenir, nommera-t-on encore cela régner en roi? peut-on soupçonner un homme de prétendre à une autorité royale, lorsqu'on ne pourrait trouver personne qui voulût régner en sa place?

27. Cherchez ceux qui dans Rome ont aspiré au pouvoir des rois; sans parcourir nos anciennes annales, vous les trouverez parmi les portraits de votre famille (1). Mes actions, peut-être, m'ont trop enflé le cœur, m'ont inspiré je ne sais quel orgueil. Je puis dire de ces actions si illustres, si dignes de l'immortalité, qu'après avoir délivré Rome et tous les citoyens des plus éminens périls, je me trouverai trop heureux, si les importans services que j'ai rendus à tous les autres ne m'exposent moi-même à aucun péril.

28. Je n'oublie pas dans quelle république j'ai fait

---

(1) Marcus Manlius, un des ancêtres de Torquatus, violemment soupçonné d'aspirer à la royauté, fut précipité de la roche Tarpéienne. On sait que les nobles familles de Rome gardaient les portraits en cire de leurs aïeux, qu'ils rangeaient par ordre.

memini, et in qua urbe verser, intelligo : plenum forum est eorum hominum, quos ego à vestris cervicibus depuli, judices, à meis non removi ; nisi verò paucos fuisse arbitramini, qui conari, aut sperare possent, se tantum imperium posse delere. Horum ego faces eripere de manibus, et gladios extorquere potui, sicut feci : voluntates verò consceleratas (*a*) ac nefarias nec sanare potui, nec tollere. Quare non sum nescius, quanto periculo vivam in tanta multitudine improborum, quum mihi uni cum omnibus improbis æternum videam bellum esse susceptum.

X. Quòd si illis meis præsidiis fortè invides ; et, si ea tibi regia videntur, quòd omnes boni omnium generum atque ordinum suam salutem cum mea conjungunt : consolare te, quòd omnium mentes improborum mihi uni maximè sunt infensæ et adversæ, qui me non solùm idcirco oderunt, quòd eorum conatus impios et furorem consceleratum repressi ; sed eò etiam magis, quòd nihil jam se simile, me vivo, conari posse arbitrantur.

30. At verò quid ego miror, si quid ab improbis de me improbè dicitur ; quum L. Torquatus, primùm ipse his fundamentis adolescentiæ jactis, eâ spe propositâ amplissimæ dignitatis, deinde L. Torquati, fortissimi consulis, constantissimi senatoris, semper optimi civis, filius, interdum efferatur immoderatione verborum (*b*) ? qui quum suppressâ voce de scelere P. Lentuli, de audaciâ conjuratorum omnium dixisset, tan-

(*a*) Cicéron devait prononcer ce mot avec indignation. Il va le répéter à dessein onze lignes plus bas.

(*b*) *Efferri immoderatione verborum ;* s'emporter, ne garder aucune mesure dans ses discours.

de si grandes choses; je sens dans quelle ville je suis obligé de vivre. La place publique, Romains, est remplie de ces mêmes hommes que j'ai repoussés de vos têtes sans les éloigner de la mienne; à moins que vous ne pensiez qu'il n'y ait eu qu'un petit nombre de méchans qui aient pu entreprendre ou espérer de renverser un si grand empire. J'ai pu, comme j'ai fait, leur arracher des mains leurs flambeaux et leurs épées; mais je n'ai pu ni guérir leurs âmes atroces, ni en arracher leurs desseins parricides. Je n'ignore donc pas les risques que je cours au milieu d'une si grande foule d'hommes pervers, et je vois que seul j'aurai à soutenir contre eux une guerre éternelle.

X. Que si par hasard vous portez envie aux appuis qui me protégent, et si vous croyez que c'est régner en roi que de voir tous les gens de bien de tous les ordres et de tous les rangs attacher leur conservation à la mienne, consolez-vous en me voyant en butte à la haine de tous les méchans, en les voyant acharnés contre moi seul: ils me haïssent, non seulement parce que j'ai réprimé leurs efforts impies et leur coupable fureur, mais beaucoup plus encore parce qu'ils pensent que, tant que je vivrai, ils ne peuvent plus rien entreprendre de semblable.

30. Mais pourquoi serais-je surpris que des hommes malveillans parlent de moi aussi mal, lorsque Torquatus, lui qui, après s'être si bien montré dans sa jeunesse, peut se flatter d'obtenir par lui-même les premières magistratures; lui, fils d'un consul intrépide, d'un sénateur ferme, d'un excellent citoyen; s'emporte quelquefois et ne garde aucune mesure dans ses discours? Après avoir parlé du crime de Lentulus, de l'audace de tous les conjurés, à voix basse, assez

tummodò ut vos, qui ea probatis, exaudire possetis; de supplicio P. Lentuli, de carcere, magnâ et queribundâ voce dicebat.

31. In quo primùm illud erat absurdum, quòd, quum ea, quæ leniter (1) dixerat, vobis probare volebat; eos autem, qui circum judicium stabant, audire nolebat; non intelligebat, ea, quæ clarè diceret, ita illos audituros, quibus se venditabat, ut vos quoque audiretis, qui id non probabatis (2). Deinde alterum jam oratoris vitium, non videre, quid quæque causa postulet : nihil est enim tam alienum ab eo, qui alterum conjurationis accuset, quàm videri conjuratorum pœnam mortemque lugere. Quod quum is tribunus plebis facit, qui unus videtur ex illis ad lugendos conjuratos relictus, non mirum est; difficile est enim tacere, quum doleas : te, si quid ejusmodi facis, non modò talem adolescentem, sed in ea causa, in qua te vindicem conjurationis velis esse, vehementer admiror. Sed reprehendo tamen illud maximè, quòd, isto ingenio et prudentiâ præditus,

---

(1) *Leniter*, à voix basse. Des savans proposent de lire ainsi au lieu de *leviter.*

(2) On trouve aussi *probatis.*

haut seulement pour être entendu des juges qui approuvent ce langage; en parlant de la prison et du supplice de ce même Lentulus, il élevait la voix et prenait le ton le plus pathétique.

31. Ce qu'il y avait d'abord en cela, Romains, de choquant pour la raison, c'est qu'en disant ce que vous ne pouviez manquer d'approuver, et le disant assez bas pour que ceux qui environnaient le tribunal ne pussent pas l'entendre, il ne voyait point que ce qu'il disait en élevant le ton, pour être entendu de ceux auxquels il voulait plaire, serait aussi entendu de vous, auxquels ce discours ne pouvait être agréable. Ensuite, un autre défaut de notre orateur, c'est de ne pas voir les convenances de chaque cause. Non, il n'est rien de si déplacé dans celui qui en accuse un autre de conjuration, que de paraître déplorer le supplice des conjurés. Qu'un tribun du peuple (1) qui semble resté seul des conjurés pour déplorer leur sort, que ce tribun les plaigne, cela doit d'autant moins surprendre, qu'il est difficile de se taire, quand on est vivement affecté : mais qu'un jeune homme tel que vous, Torquatus, fasse de même, et dans une cause où il demande la punition d'un conjuré, c'est ce qui me surprend fort. Mais ce que je trouve principalement à redire, c'est que, malgré votre esprit et vos lumières, vous ne sentiez pas quels sont les vrais intérêts de la république;

(1) On ne sait pas certainement quel est ce tribun; Paul Manuce croit que c'est Métellus Népos, qui empêcha Cicéron de prononcer le discours qu'il avait préparé pour le jour où il sortit de charge : il disait qu'un homme qui avait condamné des citoyens sans les entendre, ne devait pas être entendu.

causam reipublicæ non tenes, qui arbitrere plebi Romanæ res eas non probari, quas, me consule, omnes boni pro salute communi gesserunt.

XI. Ecquem (1) tu horum, qui adsunt, quibus te contra ipsorum voluntatem venditabas, aut tam sceleratum statuis fuisse, ut hæc omnia perire voluerit, aut tam miserum, ut et se perire cuperet, et nihil haberet, quod salvum esse vellet? An verò clarissimum virum generis vestri ac nominis, nemo reprehendit, qui filium suum vitâ privavit, ut in cæteris firmaret imperium : tu rempublicam reprehendis, quæ domesticos hostes, ne ab iis ipsa necaretur, necavit?

33. Itaque attende jam, Torquate, quàm ego defugiam auctoritatem (*a*) consulatûs mei. Maximâ voce, ut omnes exaudire possint, dico, semperque dicam : adestote omnes animis, qui adestis corporibus, quorum ego frequentiâ magnopere lætor; erigite mentes auresque vestras, et me de invidiosis rebus (*b*), ut ille putat, dicentem attendite. Ego consul, quum exercitus perditorum civium, clandestino scelere conflatus, crudelissimum et luctuosissimum exitium patriæ comparasset; quum ad occasum interitumque reipublicæ Catilina in castris, in his autem templis atque tectis dux Lentulus esset constitutus : meis consiliis, meis labo-

---

(1) C'est une erreur de lire ici *Et quem.*

(*a*) *Defugere auctoritatem alicujus rei*, désavouer une chose.

(*b*) *Invidiosæ res*, opérations sur lesquelles on veut jeter de l'odieux.

c'est que vous vous imaginiez que le peuple de Rome désapprouve ce qu'ont fait tous les gens de bien sous mon consulat pour le salut commun.

XI. Parmi les citoyens présens à cette audience, à qui vous vouliez plaire, y en a-t-il eu, pensez-vous, un seul, ou assez scélérat pour avoir voulu que Rome fût ensevelie toute entière dans une même ruine, ou assez misérable pour désirer de périr et de ne rien sauver du désastre général? Nul ne blâme un de vos plus illustres ancêtres (1) d'avoir fait subir la mort à son fils pour affermir par cet exemple l'autorité du commandement; et vous, Torquatus, vous blâmez la république d'avoir fait mourir des ennemis domestiques pour n'être pas elle-même victime de leur fureur!

33. Ainsi, voyez combien je suis prêt à désavouer mon consulat. J'élève la voix, afin que tout le monde puisse m'entendre, je le dis et le dirai sans cesse; vous tous qui êtes ici présens, dont je vois avec satisfaction le nombreux concours, prêtez à mes paroles une oreille attentive; écoutez-moi en silence, et appliquez-vous à ce que je vais dire de ces opérations sur lesquelles Torquatus a voulu jeter de l'odieux. Oui, lorsqu'une armée de citoyens pervers, formée par de sourdes et criminelles intrigues, préparait la ruine et la désolation de la patrie; lorsque pour l'extinction et l'anéantissement de la république, Catilina et Lentulus étaient postés, l'un dans un camp, l'autre au milieu des temples et des maisons de cette ville; alors

(1) Titus Manlius Torquatus, qui, consul pour la troisième fois dans la guerre contre les Latins, fit mourir son fils parce qu'il avait combattu contre son ordre.

ribus, mei capitis periculis, sine tumultu, sine delectu, sine armis, sine exercitu, quinque hominibus comprehensis atque confessis (1), incensione urbem, internecione cives, vastitate Italiam, interitu rempublicam liberavi; ego vitam omnium civium, statum orbis terræ, urbem hanc denique, sedem omnium nostrûm, arcem regum ac nationum exterarum, lumen gentium, domicilium imperii, quinque hominum amentium ac perditorum pœnâ redemi. An me existimasti hæc injuratum in judicio non esse dicturum, quæ juratus in maxima concione dixissem?

XII. Atque etiam illud addam, ne qui (2) fortè incipiat improbus subitò te amare, Torquate, et aliquid sperare de te; atque, ut idem omnes exaudiant, clarissimâ voce dicam. Harum omnium rerum, quas ego in consulatu pro salute communi suscepi et gessi, L. ille Torquatus, quum esset meus contubernalis in consulatu, atque etiam in prætura fuisset, auctor, adjutor, particeps exstitit, quum princeps, quum signifer esset juventutis: parens ejus,

---

(1) *Confessis*, à qui j'ai arraché l'aveu de leur crime. On a suivi cette leçon, qui semble en tout préférable à *confossis*.

(2) Faites attention à ce *ne qui*. Cicéron et les bons auteurs disent ordinairement *ne quis*.

moi consul, par ma vigilance, par mes travaux, au risque de mes jours, sans tumulte, sans troupes, sans armée, sans armes, en faisant arrêter cinq hommes (1), à qui j'ai arraché l'aveu de leur crime, j'ai sauvé Rome de l'embrasement, les citoyens du massacre, l'Italie du ravage, la république de sa destruction totale. Oui, la vie de tous les citoyens, la tranquillité de l'univers, Rome enfin, notre demeure commune, le refuge des rois et des peuples étrangers, la gloire des nations, le domicile de notre empire, oui, par le supplice de cinq hommes forcenés et désespérés, je l'ai garantie de sa ruine. Avez-vous cru, Torquatus, que je n'oserais dire devant ce tribunal ce que j'ai protesté avec serment dans une grande assemblée du peuple?

XII. J'ajouterai même, de peur que des méchans ne viennent tout à coup à vous affectionner, à fonder sur vous quelque espérance, j'ajouterai, et je le dirai encore, afin que tout le monde puisse l'entendre, du ton de voix le plus élevé. Ce Torquatus, notre accusateur, alors chef de la jeunesse (2), qui a vécu avec moi d'abord lorsque j'ai été préteur, ensuite lorsque j'ai été consul, il a eu part à toutes les opérations de mon consulat pour le salut de tous : il m'a aidé de ses conseils et de sa personne. Son père, ce bon citoyen,

---

(1) Lentulus, Céthégus, Statilius, Gabinius et Céparius. Ce dernier ne fut pas arrêté d'abord : il fut pris dans sa fuite et amené à Rome.

(2) On a traduit comme si on lisait en supprimant les mots inutiles : *et gessi, ille Torquatus, quum esset signifer juventutis, quum meus contubernalis in consulatu atque etiam in præturâ fuisset, auctor, adjutor, particeps exstitit : parens ejus...*

homo amantissimus patriæ, maximi animi, summi consilii, singularis constantiæ, quum esset æger, tamen omnibus rebus illis interfuit, nunquam est à me digressus; studio, consilio, auctoritate unus adjuvit plurimùm, quum infirmitatem corporis animi virtute superaret (*a*).

35. Videsne, ut eripiam te ex improborum subita gratia, et reconciliem bonis omnibus? qui te et diligunt, et retinent, retinebuntque semper; nec, si à me fortè desciveris, idcirco te à se, et à republicâ, et à tua dignitate deficere patientur. Sed jam redeo ad causam, atque hoc vos, judices, testor : mihi de memetipso tam multa dicendi necessitas quædam imposita est ab illo. Nam, si Torquatus Sullam solùm accusasset, ego quoque hoc tempore nihil aliud agerem, nisi eum, qui accusatus esset, defenderem; sed quum ille totâ illâ oratione in me esset invectus, et quum initio, ut dixi, defensionem meam auctoritate spoliare voluisset, etiam si dolor meus respondere non cogeret, tamen ipsa causa hanc à me orationem flagitasset.

XIII. (1) Allobrogibus nominatum Sullam esse dicis. Quis negat? sed lege indicium; et vide, quemadmodum nominatus sit. L. Cassium dixerunt

(*a*) La force de son âme triomphait de la faiblesse de son corps.

(1) On lit quelque part *Ab Allobrogibus.*

dévoué à la patrie, d'une magnanimité peu commune, d'une prudence consommée, d'une fermeté rare; ce grand homme, quoique malade, se trouvait partout; il ne m'a point quitté d'un instant, il m'a secondé plus qu'aucun autre, par son zèle, par ses avis, par l'ascendant de son nom; la force de son âme triomphait de la faiblesse de son corps.

35. Voyez-vous, Torquatus, comme je vous enlève à l'affection subite des méchans, comme je vous réconcilie avec tous les gens de bien qui vous chérissent, qui veulent et voudront toujours vous retenir; qui, si par hasard vous cessez d'être partisan de Cicéron, ne souffriront pas que vous abandonniez leur parti, celui de la république, celui de votre nom et de votre naissance. Mais je reviens à la cause, et je vous proteste, Romains, que c'est Torquatus qui m'a imposé la nécessité de parler si long-temps de moi-même. S'il s'était contenté d'accuser Sylla, je me serais aussi borné à le défendre : mais puisqu'il s'est déchaîné contre moi dans tout son discours, puisqu'il a voulu, comme je le disais dès le commencement, ôter tout son poids à ma défense; quand l'injure qui m'est faite ne m'obligerait pas de répondre, la cause même aurait demandé de ma part cette justification personnelle.

XIII. Sylla, dites-vous, a été nommé aux Allobroges. Qui prétend le contraire? Lisez la dénonciation, et voyez comment il a été nommé. Suivant le rapport des Allobroges, Lucius Cassius (1) leur a dit

---

(1) Lucius Cassius, un des complices de la conjuration de Catilina. Il eut des conférences avec les Allobroges; mais il se dispensa, sous quelque prétexte, de

commemorasse, cum cæteris Autronium secum facere. Quæro, num Sullam dixerit Cassius? Nusquam (1). Sese aiunt quæsisse de Cassio, quid Sulla sentiret. Videte diligentiam Gallorum : qui vitam hominum naturamque non nossent, ac tantùm audissent, eos pari calamitate esse; quæsiverunt, essentne eadem voluntate? Quid tum? Cassius si respondisset idem sentire et secum facere Sullam, tamen mihi non videretur in hunc id criminosum esse debere. Quid ita? quia qui barbaros homines ad bellum impelleret, non debebat minuere illorum suspicionem, et purgare eos, de quibus illi aliquid suspicarentur (2).

37. Non respondit tamen unâ facere Sullam. Etenim esset absurdum, quum cæteros suâ sponte nominasset, mentionem Sullæ facere nullam, nisi admonitum et interrogatum : nisi fortè verisimile est, P. Sullæ nomen in memoria Cassio non fuisse. Si nobilitas hominis, si afflicta fortuna, si reliquiæ pristinæ dignitatis, non tam illustres fuissent; tamen Autronii commemoratio memoriam Sullæ retulisset : etiam, ut arbitror, quum auctoritates principum conjurationis ad incitandos animos Allobrogum colligeret Cassius, et quum sciret exteras nationes maximè no-

---

leur remettre un écrit de sa main, et sortit de Rome avant eux.

(1) C'est à Gruter qu'on est redevable du sens de cette période. Autrefois on lisait *Nunquam sese*, et plus loin *eos, pari calamitate qui fuerant, esse in eadem voluntate.*

qu'Autronius avec d'autres était du nombre des conjurés. Je demande si Cassius a dit la même chose de Sylla. Il ne l'a dit nulle part. Ils ont demandé, disent-ils, à Cassius quels étaient les sentimens de Sylla. Voyez, Romains, la pénétration des Gaulois. Sans connaître le caractère et la vie des deux hommes, ayant seulement entendu dire qu'ils étaient tombés dans la même disgrâce, ils ont demandé s'ils étaient dans les mêmes sentimens. Mais après tout, quand il serait vrai que Cassius aurait répondu qu'ils pensaient de même, et que Sylla était du nombre des conjurés, je ne croirais pas que sa réponse dût former une preuve contre Sylla. Pourquoi? parce que, sans doute, un homme qui voulait soulever des Barbares ne devait pas affaiblir leurs soupçons, et décharger ceux qu'ils soupçonnaient.

37. Il ne répondit pas néanmoins que Sylla fût du nombre des conjurés. Car est-il probable qu'après avoir nommé les autres de lui-même, il n'eût fait mention de Sylla que lorsqu'on l'aurait questionné, et qu'on l'y aurait fait penser? A moins peut-être qu'on ne croie que le nom de Sylla ait pu lui échapper de la mémoire. Quand la naissance d'un tel personnage, quand sa disgrâce, quand les restes de son ancienne fortune n'auraient pas eu autant d'éclat, le nom d'Autronius aurait dû réveiller dans l'esprit de Cassius celui de Sylla. D'ailleurs, à ce que je m'imagine, lui qui, pour déterminer les Allobroges, recueillait les noms les plus imposans des chefs de la conjuration, et qui savait que les nations

---

(2) Grævius met *suspicari viderentur*, ce qui est peut-être plus dans l'intention de l'orateur.

bilitate moveri, non priùs Autronium, quàm Sullam nominasset.

38. Jam verò illud probari minimè potest, Gallos, Autronio nominato, putasse, propter calamitatis similitudinem, sibi aliquid de Sulla esse quærendum; Cassio, si hic esset in eodem scelere, ne, quum appellasset quidem Autronium, hujus in mentem venire potuisse. Sed tamen quid respondit de Sulla Cassius? Se nescire certum. Non purgat, inquit. Dixi antea: ne si argueret quidem tum denique, quum esset interrogatus, id mihi criminosum videretur.

39. Sed ego in indiciis (1) et in quæstionibus non hoc quærendum arbitror, num purgetur aliquis, sed num arguatur. Etenim quum negat se scire Cassius, utrùm sublevat Sullam, an satis probat se nescire. Sublevat apud Gallos. Quid ita? ne indicent? Quid? si periculum esse putasset, ne illi (2) unquam indicarent, de seipso confessus esset? Nescivit. Credo, judices, celatum esse Cassium de Sulla uno: nam de cæteris certè sciebat; et ea domi ejus pleraque conflata esse constabat. Qui negare noluit esse in eo numero Sullam, quò plus spei Gallis daret, dicere autem falsum non ausus est, nescire (3) dixit. Atqui hoc perspicuum est, quum is, qui de omnibus scierit, de Sulla se scire negarit, eamdem vim esse ne-

(1) *In indiciis*, dans les dénonciations. On lit ordinairement *in judiciis*.

(2) *Ne illi unquam indicarent*, qu'ils pensassent jamais à le dénoncer. Autrement, *ne ulli unq. ind.*

(3) Il semble qu'il faudrait *nescire se*, comme l'a mis Lambin.

étrangères se laissent éblouir surtout par de grands noms, eût-il pu ne nommer Sylla qu'après Autronius?

38. Mais on ne persuadera jamais à personne que les Gaulois, entendant nommer Autronius, aient cru devoir questionner Cassius au sujet de Sylla, au sujet d'un homme tombé dans la même disgrâce ; et que Cassius, supposé que Sylla eût été complice du même crime, n'eût pas songé à le nommer lors même qu'il nommait Autronius. Mais enfin qu'a répondu Cassius au sujet de Sylla? qu'il ne savait rien de positif. Ce n'est point là une décharge, dit-on. J'ai déjà dit que, quand même Cassius eût chargé Sylla sur les questions qui lui étaient faites, je ne croirais pas que sa réponse pût former une preuve.

39. Suivant moi, dans les dénonciations et dans les informations, ce qu'il faut examiner, ce n'est pas si un accusé est déchargé, mais s'il est chargé. En effet, lorsque Cassius dit qu'il ne sait pas, évite-t-il de compromettre Sylla, ou déclare-t-il nettement qu'il ne sait rien? Il évite, dit-on, de le compromettre auprès des Gaulois. Pourquoi? de peur qu'ils ne le dénoncent? Mais s'il eût craint qu'ils pensassent jamais à le dénoncer, aurait-il avoué ce qui le regardait lui-même? Dira-t-on que réellement il ne savait rien? sans doute, oui, on avait fait à Cassius un mystère du seul Sylla. Il connaissait certainement les autres conjurés, et c'était une chose constante que la plupart des projets avaient été formés dans sa maison. Ne voulant donc pas nier que Sylla fût du nombre des conjurés pour donner plus de confiance aux Gaulois, mais n'osant pas dire une fausseté, il a dit seulement qu'il n'en savait rien. Or, il est clair que, connaissant tous les conjurés, et disant qu'il ne savait rien de positif au sujet de

gationis hujus, quàm si extra conjurationem hunc esse, se scire dixisset : nam, cujus scientiam de omnibus constat fuisse, ejus ignoratio de aliquo, purgatio debet videri. Sed jam non quæro, purgetne Cassius Sullam : illud mihi tantùm satis est, contra Sullam nihil esse in indicio.

XIV. Exclusus hac criminatione Torquatus rursus in me irruit, me accusat : ait me aliter, ac dictum est, in tabulas publicas retulisse. O dii immortales (vobis enim tribuam, quæ vestra sunt; nec verò possum meo tantum ingenio dare, ut tot res, tantas, tam varias, tam repentinas, in illa turbulentissima tempestate reipublicæ, meâ sponte dispexerim) ! vos profectò animum meum tum conservandæ patriæ cupiditate incendistis : vos me ab omnibus cæteris cogitationibus ad unam salutem reipublicæ convertistis : vos denique, in tantis tenebris erroris et inscientiæ, clarissimum lumen prætulistis menti meæ.

41. Vidi ego hoc, Judices, nisi recenti memoriâ senatûs, auctoritatem hujus indicii monumentis publicis testatus essem, fore, ut aliquando non Torquatus, neque Torquati quispiam similis (nam id me multum fefellit), sed ut aliquis patrimonio naufragus (1), inimicus otii, bonorum hostis, aliter indicata hæc esse diceret, quò faciliùs, vento aliquo in opti-

---

(1) Ernesti conjecture qu'il faut lire *patrimonii naufragus.*

Sylla, dire qu'il ignorait que Sylla fût dans la conjuration, c'est comme s'il eût dit savoir qu'il n'y était pas. En effet, lorsqu'il est certain qu'un homme avait connaissance de tous les coupables, l'aveu de son ignorance sur le compte d'un citoyen soupçonné doit être pris pour une décharge. Mais je n'examine pas si Cassius décharge Sylla; il me suffit qu'il n'y ait rien contre Sylla dans la dénonciation.

XIV. Déchu de ce moyen, Torquatus revient encore contre moi; il m'accuse d'avoir porté sur les registres publics autre chose que ce qui a été dénoncé. Dieux immortels (car je vous rends ce qui est à vous, et je ne puis attribuer à mon génie d'avoir pu de moi-même, au milieu de la tempête qui bouleversait la république, envisager à la fois et régler tant d'objets si importans, si divers, si subits)! c'est vous assurément qui avez enflammé mon âme du désir de sauver la patrie; c'est vous qui avez détourné mon esprit de toute autre pensée pour l'appliquer uniquement au salut de la république; c'est vous enfin qui, au milieu des épaisses ténèbres de l'erreur et de l'ignorance, m'avez éclairé d'une vive lumière, avez comme porté devant moi le flambeau.

41. Qu'ai-je donc vu et que me suis-je dit? Si, pour constater la dénonciation, je ne la consigne solemnellement dans nos registres lorsque le sénat en a encore la mémoire toute récente, un jour viendra où, non pas Torquatus, ni quelqu'un de son caractère (car en cela ma prévoyance a été bien trompée), mais un dissipateur de son patrimoine, un perturbateur de la tranquillité publique, un ennemi des gens de bien, s'avisera de dire que les dénonciations étaient autres qu'on ne les présente; il croira par là exciter

mum quemque excitato, posset in malis reipublicæ portum suorum malorum aliquem invenire : itaque introductis in senatum indicibus, constitui senatores, qui omnia indicum dicta, interrogata, responsa perscriberent. At quos viros? non solùm summâ virtute et fide, cujus generis in senatu facultas maxima; sed etiam quos sciebam memoriâ, scientiâ, consuetudine et celeritate scribendi, facillimè, quæ dicerentur, persequi posse : C. Cosconium, qui tunc erat prætor; M. Messalam, qui tum præturam petebat; P. Nigidium, App. Claudium : credo esse neminem, qui his hominibus, ad verè referendum, vel scite (1) scribendum, aut fidem putet aut ingenium defuisse.

XV. Quid deinde? quid feci? Quum scirem, ita indicium in tabulas publicas relatum, ut illæ tabulæ privatâ tamen custodiâ, more majorum, continerentur (2); non occultavi, non continui domi, sed describi ab omnibus statim librariis, dividi passim, et pervulgari atque edi populo Romano imperavi; divisi toti Italiæ, emisi in omnes provincias : ejus indicii, è quo salus oblata esset omnibus, expertem esse neminem volui.

43. Itaque dico, locum in orbe terrarum esse nul-

---

(1) *Ad verè referendum, vel scite scribendum*, pour faire des rapports vrais, ou pour écrire avec intelligence. On lit communément *aut etiam scrib*. De bonnes éditions, après *referendum*, lisent tout de suite, *aut fidem*, etc.

(2) *Privata custodia, more majorum, continerentur*, « seraient déposés dans ma maison, suivant la coutume « de nos ancêtres, » pour y être gardés jusqu'à ce que je sortisse de charge.

plus facilement une tempête contre les meilleurs citoyens, et trouver dans les maux de la république un port après le naufrage de sa fortune. Ayant donc introduit les dénonciateurs dans le sénat, je commis quelques sénateurs pour écrire exactement toute l'information, toutes les questions et les réponses (1). Mais quels hommes ai-je choisis? Non seulement des hommes d'une vertu et d'une droiture irréprochable (le sénat en compte un grand nombre de cette espèce), mais des hommes que je savais, par leur mémoire, par leurs connaissances, par l'habitude et la facilité d'écrire promptement, être les plus capables de rendre fidèlement toutes les dénonciations; Caïus Cosconius, qui était alors préteur; Marcus Messala, qui demandait la préture; Publius Nigidius, Appius Claudius. Il n'est personne, sans doute, qui croie que ces hommes aient manqué d'esprit ou de droiture pour écrire avec vérité ou avec intelligence.

XV. Qu'ai-je fait ensuite? sachant que la dénonciation était portée sur des registres publics, mais que ces registres, suivant la coutume de nos ancêtres, seraient déposés dans ma maison, je ne me suis pas permis de la cacher, de la tenir chez moi; je l'ai fait copier aussitôt par tous les écrivains, je l'ai rendue publique, je l'ai répandue dans toute l'Italie, dans toutes les provinces; et une dénonciation qui avait sauvé tout le monde, je n'ai pas voulu qu'elle fût ignorée de personne.

43. Je dis donc qu'il n'est dans l'univers aucun lieu,

(1) Si l'on en croit Plutarque, Cicéron, dans cette circonstance, inventa et suggéra l'art d'écrire en abrégé et par notes.

lum, quo in loco populi Romani nomen sit, quin eòdem perscriptum hoc indicium pervenerit. In quo ego tam subito, et exiguo, et turbido tempore multa divinitus, ita ut dixi, non meâ sponte, providi : primùm, ne qui posset tantum aut de reipublicæ, aut de alicujus periculo meminisse, quantum vellet; deinde, ne cui liceret unquam reprehendere illud indicium, aut temerè creditum criminari; postremò, ne quid jam à me, ne quid ex meis commentariis quæreretur, ne aut oblivio mea, aut memoria videretur nimia, ne denique aut negligentia, turpis, aut diligentia, crudelis putaretur.

44. Sed tamen abs te, Torquate, quæro, quum indicatus tuus inimicus esset, et esset ejus rei frequens senatus, et recens memoria testis; tibi, meo familiari et conturbernali, priùs etiam edituri fuerint indicium scribæ mei, si voluisses, quàm in codicem retulissent : quum videres aliter fieri, cur tacuisti ? passus es ? non mecum, non cum familiari tuo questus es (1) ? aut, quoniam tam facilè inveheris in amicos, iracundiùs aut vehementiùs expostulasti ? Tu, quum tua vox nunquam sit audita, quum, indicio lecto, descripto, divulgato, quieveris, tacueris, re-

(1) *Non mecum, non cum familiari tuo questus es ?* « Pourquoi ne vous êtes-vous pas plaint à moi, à votre ami particulier ? » C'est ainsi que corrigent quelques commentateurs, au lieu de *aut cùm familiari meo*.

pourvu qu'on y ait entendu parler du nom romain, où il ne soit parvenu une copie de la dénonciation. Dans un temps aussi court, aussi pressant, aussi plein de trouble, par une inspiration divine, comme j'ai dit déjà, et non de moi-même, j'ai pourvu à tout; d'abord à ce que personne ne pût raconter, du péril qu'avait couru la république ou quelque particulier, tout ce que son esprit imaginerait; ensuite à ce qu'il ne fût pas possible d'inculper la dénonciation, de nous imputer de l'avoir crue témérairement; enfin à ce qu'on ne s'adressât pas à moi, à ce qu'on ne cherchât rien dans mes écrits, à ce qu'on ne pût m'accuser d'avoir trop oublié ou trop retenu, à ce qu'on ne pût me reprocher ni une négligence honteuse, ni une exactitude cruelle.

44. Cependant, je vous le demande, Torquatus, lorsque votre ennemi eût été dénoncé, lorsque le sénat s'était assemblé pour cet objet, que la mémoire en était toute récente; lorsque mes secrétaires, si vous l'eussiez voulu, vous auraient donné à vous, mon ami particulier, qui viviez avec moi, une copie de la dénonciation, même avant que de la porter sur les registres : je vous le demande, vous qui vous aperceviez de quelque infidélité, pourquoi avez-vous gardé le silence? pourquoi l'avez-vous souffert? pourquoi ne vous êtes-vous pas plaint à moi, à votre ami particulier? pourquoi même, puisque vous vous emportez si facilement contre vos amis, ne vous êtes-vous pas élevé contre moi, ne m'avez-vous pas fait de vifs reproches? Quoi donc? on ne vous a jamais entendu proférer une parole; la dénonciation lue, copiée, publiée, vous vous êtes tenu tranquille, vous avez gardé le silence; et vous oserez tout à coup alléguer une

pentè tantam rem enuntiare audeas? et in eum locum te deducas, ut antè, quàm me commutati indicii coargueris, te summæ negligentiæ, tuo judicio (1), convictum esse fateare?

XVI. Mihi cujusquam salus tanti fuisset, ut meam negligerem? per me ego veritatem patefactam contaminarem aliquo mendacio? quemquam denique ego juvarem, à quo et crudeles insidias in rempublicam factas, et in me potissimùm consulem constitutas, putarem? Quòd si jam essem oblitus severitatis et constantiæ meæ, tamne amens eram, ut, quum litteræ posteritatis causâ repertæ sint, quæ subsidio oblivioni esse possent, ego recentem putarem memoriam cuncti senatûs commentario meo posse superari?

46. Fero ego te, Torquate, jamdudum, fero; et nonnunquam animum, incitatum ad ulciscendam orationem tuam, revoco ipse et reflecto: permitto aliquid iracundiæ tuæ, do adolescentiæ, cedo (2) amicitiæ, tribuo parenti; sed, nisi tibi aliquem modum tute (3) constitueris, coges oblitum me nostræ amicitiæ, habere rationem meæ dignitatis. Nemo unquam me tenuissimâ suspicione perstrinxit, quem non præverterim (4). Sed mihi hoc credas velim: non iis li-

---

(1) *Tuo judicio*, par votre propre jugement. Cette leçon paraît préférable à celle de *tuo indicio*, ancienne leçon que Grévius a rétablie à tort.

(2) Ernesti pense qu'il faut lire, *concedo*.

(3) On lit communément, *modum vitæ*.

(4) *Quem non præverterim*, que je l'aie repoussé avec force. Les savans sont embarrassés sur le vrai sens de ce mot, que quelques-uns voudraient changer mal à

imputation aussi grave! vous vous réduirez à ce point, qu'avant de m'accuser d'avoir rien changé à la dénonciation, vous vous reconnaîtrez vous-même, par votre propre jugement, coupable d'une extrême négligence!

XVI. Aurais-je donc eu assez à cœur la conservation de qui que ce soit pour lui sacrifier la mienne? la vérité que j'avais découverte, l'aurais-je souillée de quelque mensonge? aurais-je enfin défendu un citoyen que j'aurais su avoir attenté par de cruels projets à la république, et particulièrement à son consul? Quand j'aurais oublié ma gravité naturelle et mes principes, ne pouvant ignorer que les écrits sont imaginés pour remédier à l'oubli et transmettre les faits, aurais-je eu la folie de croire que des copies de la dénonciation écrites chez moi pouvaient étouffer le souvenir récent qu'en avait tout le sénat?

46. Je vous supporte, Torquatus, depuis longtemps, je vous supporte; et quoique je me sente quelquefois poussé à me venger de vos invectives, je me retiens et je m'arrête. Je passe quelque chose à votre emportement, je pardonne à votre jeunesse, je cède à l'amitié, je défère à votre père. Modérez-vous un peu vous-même, ou vous me forcerez de ne plus penser à nos liaisons, de ne songer qu'à ma gloire qu'on attaque. Aucun homme ne m'a jamais blessé par l'atteinte du plus léger soupçon, que je ne l'aie repoussé avec force. Mais croyez que, si je vous ménage, c'est

---

propos en *perverterim*. Il paraît être employé dans le sens de *perculerim*, *retuderim*. Quelques-uns lisent, *præverterim ac perfregerim*.

bentissimè soleo respondere, quos mihi videor facillime posse superare.

47. Tu, quoniam minimè ignoras consuetudinem dicendi meam, noli hac novâ lenitate abuti meâ; noli aculeos orationis meæ, qui reconditi sunt, excussos arbitrari; noli id putare omnino à me esse amissum, si quid est tibi remissum atque concessum. Quum illæ valent apud me excusationes injuriæ tuæ, iratus animus tuus, ætas, amicitia nostra; tum nondum statuo te virium satis habere, ut ego tecum luctari et congredi debeam : quòd si esses usu atque ætate robustior, essem idem, qui soleo, quum sum lacessitus; nunc tecum sic agam, tulisse ut potiùs injuriam, quàm retulisse gratiam videar.

XVII. Neque verò, quid mihi irascare, intelligere possum. Si, quòd eum defendo, quem tu accusas; cur tibi quoque ipse non succenseo, qui accuses eum, quem ego defendo? Inimicum, inquis, accuso meum. Et amicum ego defendo meum. Non debes tamen quemquam in conjurationis quæstione defendere. Immo nemo magis eum, de quo nihil est unquam suspicatus, quàm is, qui de aliis multa cog-

qu'ordinairement je répugne à combattre des adversaires trop faciles à vaincre.

47. Puisque vous connaissez le style de mes réponses, n'abusez pas d'une douceur qui ne m'est point ordinaire (1); ne vous imaginez pas qu'ils n'existent plus, ces traits dont j'arme quelquefois mes discours, parce que je les tiens renfermés; et ne pensez pas que je renonce absolument à mon usage, parce que je vous en fais grâce. Je vous excuse à cause de l'injure que vous prétendez avoir reçue, à cause du ressentiment qui vous anime, par égard pour votre jeunesse et pour notre amitié : d'ailleurs, je ne vous crois pas encore des forces suffisantes pour que je doive me mesurer avec vous en usant de toutes les miennes. Si vous aviez plus d'âge et plus d'expérience, je serais le même que j'ai coutume d'être lorsqu'on me provoque. Je vous traiterai aujourd'hui de manière à paraître plutôt avoir reçu une injure que l'avoir rendue.

XVII. Mais je ne puis comprendre ce qui vous irrite si fort contre moi. Si c'est parce que je défends celui que vous accusez, pourquoi ne serais-je pas animé contre vous aussi, parce que vous accusez celui que je défends? J'accuse mon ennemi, dites-vous. Et moi, je défends mon ami. Mais vous ne devez défendre personne dans un délit de conjuration. Mais au contraire, nul ne doit plutôt défendre un homme sur lequel il n'a eu aucun soupçon, que celui qui a eu sur

---

(1) Cicéron, et en général les anciens Grecs et Romains, se faisaient une gloire et un mérite de ne pas épargner un adversaire qui les avait attaqués un peu vivement : ils se permettaient contre lui les plus violentes invectives.

novit (1). Cur dixisti testimonium in alios? Quia coactus (2). Cur damnati sunt? Quia creditum est. Regnum est, dicere in quem velis, ac defendere quem velis. Immo servitus est, non dicere in quem velis, ac defendere quem velis. Ac, si considerare cœperis, utrùm magis mihi hoc necesse fuerit facere, an istud tibi; intelliges, honestiùs te inimicitiarum modum statuere potuisse, quàm me humanitatis.

49. At verò quum honos agebatur amplissimus amiliæ vestræ, hoc est, consulatus parentis tui, sapientissimus vir familiarissimis suis non succensuit pater tuus, quum Sullam et defenderent et laudarent. Intelligebat, hanc nobis à majoribus esse traditam disciplinam, ut nullius amicitiâ ad propulsanda pericula impediremur. Et erat huic judicio longè dissimilis illa contentio : tum, afflicto P. Sullâ, consulatus vobis pariebatur, sicuti partus est : honoris erat certa-

(1) *Quam is, qui de aliis multa cognovit*, que celui qui a eu sur plusieurs bien des connaissances. C'est ainsi que conjecture Lambin, au lieu de *cogitavit.*

(2) « Parce que j'y ai été contraint, » sans doute par le péril où je voyais la république. Cicéron ne nomme pas ici tous ceux contre qui il a déposé, et qu'il a fait condamner par sa déposition. Nous verrons bientôt qu'Autronius était un de ces hommes.

plusieurs bien des connaissances. Pourquoi avez-vous déposé contre d'autres? parce que j'y ai été contraint. Pourquoi ont-ils été condamnés? parce qu'on a ajouté foi à une déposition. C'est agir en maître que de déposer contre qui l'on veut, et de défendre qui l'on veut. Mais plutôt c'est agir en esclave que de ne pas déposer contre qui l'on veut, de ne pas défendre qui l'on veut. Au reste, s'il vous plaît d'examiner qui de nous deux avait des motifs plus pressans de faire ce que nous faisons chacun, vous verrez qu'il vous aurait été plus honnête de modérer votre inimitié, qu'à moi de borner ma sensibilité.

49. Mais lorsqu'il était question pour votre famille de la première magistrature, c'est-à-dire du consulat de votre père, votre père, cet homme si sage, ne s'est point fâché contre ses amis les plus intimes, qui défendaient Sylla par leurs discours ou par leurs témoignages. Il voyait que nos ancêtres nous avaient transmis cette règle, que nulle amitié de qui que ce soit ne devait nous empêcher de tirer un malheureux du péril. Et la contestation d'alors était bien différente du jugement d'aujourd'hui. Alors, par la disgrâce de Sylla, la dignité de consul passait dans votre maison (1), comme elle y passa en effet. On se disputait cet honneur; vous

(1) On a voulu inférer de ce passage que celui qui accusait un citoyen d'avoir obtenu une magistrature par des voies illicites et qui le faisait condamner, était par cela même pourvu de cette magistrature; que c'était là sa récompense. Mais dans le plaidoyer pour Muréna on a des preuves évidentes du contraire; et dans le plaidoyer pour Balbus, où Cicéron parle des diverses récompenses accordées aux accusateurs de crime de brigue, il ne parle point de celle-ci. Il y a

men : ereptum repetere vos clamitabatis, ut victi in campo, in foro vinceretis; tum qui contrà vos pro hujus salute pugnabant, amicissimi vestri, quibus non irascebamini, consulatum vobis eripiebant, honori vestro repugnabant, et tamen id inviolatâ vestrâ amicitiâ, integro officio, veteri exemplo atque instituto optimi cujusque faciebant.

XVIII. Ego verò quibus ornamentis adversor tuis? aut cui dignitati vestræ repugno? Quid est, quod jam ab eo expetas? honor ad patrem, insignia honoris ad te delata sunt. Tu ornatus exuviis hujus, venis ad eum lacerandum, quem interemisti : ego jacentem et spoliatum defendo et protego. Atque hîc tu et reprehendis me, quia defendam (1), et irasceris : ego autem non modò tibi non irascor, sed ne reprehendo quidem factum tuum; te enim existimo tibi statuisse, quid faciendum putares, et satis idoneum officii judicem posuite (2).

51. At accusat C. Cornelii filius, idemque valere debet, ac si pater indicaret. O patrem Cornelium sapientem! qui, quod præmii solet esse in indicio,

---

donc toute apparence que Cotta et Torquatus furent nommés consuls à la place d'Autronius et de Sylla pour des raisons et par des formes connues alors, dont l'orateur ne nous a pas instruits.

(1) *Quia defendam*. Remarquez *quia* construit avec le subjonctif; ce dont il y a des exemples.

(2) « Et je vous crois assez de lumières pour diriger vous-même votre conduite. » C'est ainsi que lit un savant avec Lambin, au lieu de *posuisse;* mais il voudrait que la phrase finît par *judicem*. Un autre commentateur lit *fuisse*.

prétendiez qu'il vous avait été enlevé, vous le redemandiez à grands cris ; vaincus au Champ-de-Mars, vous vouliez vaincre au tribunal. Alors ceux qui défendaient Sylla contre votre famille étaient vos meilleurs amis ; et aucun de vous ne s'irrita contre eux, quoiqu'ils voulussent vous ravir le consulat, quoiqu'ils s'opposassent à votre élévation : ce qu'ils faisaient sans violer l'amitié, sans manquer à aucun devoir, autorisés par d'anciens exemples et par les principes des plus honnêtes citoyens.

XVIII. Par rapport à moi, en quoi m'opposé-je aux honneurs des Torquatus? en quoi traversé-je votre illustration? Que demandez-vous maintenant à Sylla? la dignité dont il était revêtu est passée à votre père; le titre et les distinctions en sont pour vous-mêmes. Paré de ses dépouilles, vous venez le déchirer après l'avoir égorgé : moi, je le couvre de mon bras, et je le défends étendu par terre et dépouillé. Vous me blâmez néanmoins, vous vous emportez contre moi à cause de cela même : et moi, loin de m'emporter contre vous, je ne vous blâme pas même d'avoir intenté l'accusation présente. Je m'imagine que vous ne vous êtes décidé qu'après un mûr examen, et je vous crois assez de lumières pour diriger vous-même votre conduite.

51. Mais Sylla est accusé par le fils de Cornélius, et c'est, dit on, la même chose que s'il était dénoncé par le père. Quelle sagesse dans le père de Cornélius, d'avoir renoncé à la récompense (1) promise aux

---

(1) Le sénat avait annoncé une récompense pour les personnes libres ou esclaves qui dénonceraient des conjurés ou des projets de conjuration. Nous avons

reliquerit; quod turpitudinis in confessione, id per accusationem filii susceperit. Sed quid est tandem, quod indicat per istum puerum Cornelius? Si est causa mihi ignota, cum Hortensio communicata, respondeat Hortensius; sin tu ais illum comitatum Autronii et Catilinæ, quum in campo, consularibus comitiis, quæ à me habita sunt, cædem facere voluerunt: Autronium tum in campo vidimus. Et, quid dixi vidisse nos? ego vidi: vos enim tum, judices: nihil laborabatis, neque suspicabamini: ego tectus præsidio firmo amicorum, Catilinæ tum et Autronii copias et conatum repressi.

52. Num quis est igitur, qui tum dicat in campum adspirasse Sullam? Atqui si tum se cum Catilina societate sceleris conjunxerat, cur ab eo discedebat? cur cum Autronio non erat? cur in pari causa non paria signa reperiuntur criminis? Sed quoniam Cornelius ipse etiam nunc de indicando dubitat, ut dicitis, (1) informat adhoc (2) adumbratum indicium filii: quid tandem de illa nocte dicit, quum inter falcarios (3) ad M. Læcam (4), nocte eâ, quæ consecuta est posterum diem nonarum novembris (5), me consule, Catilinæ

---

déjà remarqué plus haut que Cornélius avait été un des complices de Catilina.

(1) Peut-être faut-il ajouter un *et* avant *informat*.

(2) Les uns font d'*adhoc* un adverbe pour *adhuc*; les autres lisent *ad hoc* séparément; quelques-uns, *adhuc*.

(3) *Inter falcarios*, « dans la rue des Fourbisseurs, » où était située la maison de Léca. On peut omettre cette circonstance en traduisant.

(4) Des éditions portent, *M. Leccam*. On a préféré l'autre leçon.

dénonciateurs, et de s'être chargé, par l'accusation de son fils, de la honte d'un aveu! Mais enfin que dénonce Cornélius par la bouche de son jeune fils, par la bouche d'un enfant? Si c'est un article que j'ignore et dont soit instruit Hortensius, c'est à Hortensius à répondre. Si l'on parle de la troupe qui accompagnait Autronius et Catilina, lorsque ceux-ci, au Champ-de-Mars, où je tenais les comices consulaires, voulaient faire un massacre horrible, je vis alors Autronius au Champ-de-Mars; et qu'ai-je déposé avoir vu (1)? c'est moi qui ai vu, Romains; car vous, alors, vous n'aviez aucune inquiétude, aucun soupçon : moi, défendu par un nombreux cortége de mes amis, j'arrêtai la troupe et je réprimai les desseins de Catilina et d'Autronius.

52. Est-il donc quelqu'un qui dise qu'alors Sylla ait seulement eu l'idée de venir au Champ-de-Mars? cependant si alors il s'était associé au crime de Catilina, pourquoi s'écartait-il de lui? pourquoi n'était-il pas avec Autronius? pourquoi, dans la même cause, ne trouvons-nous pas les mêmes preuves, les mêmes indices? Mais puisque Cornélius hésite encore à présent, comme vous dites, à le dénoncer lui-même, et qu'il jette en avant cette ébauche de la dénonciation de son fils, que dit-il enfin de cette nuit qui suivit de près les nones de novembre de l'année où j'étais consul? de cette nuit où il se rendit, d'après les ordres de Ca-

(5) Qui suivit de près les nones de novembre. Mot à mot, qui suivit le lendemain des nones.

(1) Et quand Cicéron a-t-il déposé contre Autronius? Est-ce quand il fut accusé de brigue, ou dans une autre circonstance? Cicéron ne le dit pas ici, et on ne le sait pas d'ailleurs.

denuntiatione convenit? quæ nox omnium temporum conjurationis acerrima fuit, atque acerbissima. Tum Catilinæ dies exeundi, tum ceteris manendi conditio, tum descriptio totam per urbem cædis atque incendiorum constituta est: tunc tuus pater, Corneli, id quod tandem aliquando confitetur, illam sibi officiosam provinciam depoposcit, ut, quum primâ luce consulem salutatum veniret (1), intromissus meo more, et jure amicitiæ, me in meo lectulo trucidaret.

XIX. Hoc tempore, quum arderet acerrimè conjuratione; quum Catilina egrederetur ad exercitum; Lentulus in urbe relinqueretur; Cassius incendiis, Cethegus cædi præponeretur; Autronio, ut occuparet Etruriam, præscriberetur; quum omnia ordinarentur, instituerentur, pararentur: ubi fuit Sulla, Corneli? num Romæ? immo longè abfuit. Num in iis regionibus, quò se Catilina inferebat (2)? multò etiam longiùs. Num in agro Camerti, Piceno, Gallico; quas oras maximè quasi morbus quidam illius furoris pervaserat? nihil verò minus: fuit enim, ut jam antè dixi, Neapoli; fuit in ea parte Italiæ, quæ maximè eâ suspicione caruit.

54. Quid ergo indicat, aut quid affert, aut ipse Cornelius, aut vos, qui ab eo hæc mandata defertis?

---

(1) Ernesti lit *venisset.*

(2) « Dans le camp où se transportait Catilina? » D'autres lisent mal *legionibus*, et ensuite *referebat*.

tilina, dans la maison de Marcus Léca ? De tous les temps de la conjuration, cette nuit fut la plus horrible et la plus affreuse. Alors fut réglé le jour où Catilina partirait; alors furent distribués les emplois aux autres qui devaient rester; alors furent marqués les quartiers de toute la ville où l'on mettrait le feu, où l'on ferait le massacre; alors votre père, Cornélius, ce qu'enfin il avoue, se chargea de la commission officieuse de s'introduire chez moi, dès le grand matin, à l'heure où je recevais mes amis particuliers, de s'introduire comme un ami qui vient saluer le consul, et de venir m'égorger dans mon lit.

XIX. Dans le temps où la conjuration était la plus violente et la plus furieuse; où Catilina allait joindre son armée; où Lentulus était laissé dans la ville; où Cassius devait présider à l'embrasement de Rome, Céthégus au massacre des citoyens; où Autronius avait la commission de s'emparer de l'Etrurie; où tout était arrangé, réglé, disposé; je vous le demande, Cornélius, où était alors Sylla? à Rome? il en était bien éloigné. Dans le camp où se transportait Catilina? bien plus loin encore. Dans le territoire de Camerte, dans le Picenum, dans la Gaule, contrées où cette fureur avait, comme une maladie contagieuse, surtout pénétré? rien moins que cela. Il était, comme je l'ai déjà dit, à Naples, dans la partie de l'Italie la moins suspecte.

54. Que dit donc dans sa dénonciation, ou Cornélius lui-même, ou vous, accusateurs, qu'il a chargés de dénoncer pour lui? qu'on a acheté des gladia-

Gladiatores emptos esse, Fausti simulatione, ad cædem ac tumultum. — Ita prorsus : interpositi sunt gladiatores, quos testamento patris videmus deberi. — Arrepta (1) est familia. — Quæ si esset prætermissa, posset alia familia Fausti munus præbere. Utinam quidem hæc ipsa non modò iniquorum invidiæ, sed et æquorum exspectationi satisfacere posset! — Properatum vehementer, quum longè tempus muneris abesset. — Quasi verò tempus dandi muneris non valde appropinquaret. — Nec opinante Fausto, quum is neque sciret, neque vellet, familia est comparata.

55. At litteræ sunt Fausti, per quas ille precibus à P. Sulla petit, ut emat gladiatores, et ut hos ipsos emat ; neque solùm ad Sullam missæ, sed ad L. Cæsarem, Q. Pompeium, C. Memmium, quorum de sententia tota res gesta est. — At præfuit familiæ. —

---

(1) Lambin lit *At empta*, malgré les livres.

teurs sous prétexte des jeux que Faustus (1) devait donner au peuple, mais en effet pour commettre des meurtres et exciter du tumulte. — Oui, sans doute, on a supposé des gladiateurs, que nous voyons être demandés en termes exprès par le testament du père du Faustus. — On s'est saisi, dites-vous, de la troupe qui a été achetée. — Comme s'il eût été bien facile de s'en procurer une autre aussi bonne pour les jeux de Faustus ! Puisse celle même qui existe satisfaire, non seulement la haine d'ennemis injustes, mais encore l'attente de spéculateurs équitables ! — On a fait la plus grande diligence, quoique le temps de donner les jeux fût très-éloigné. — Comme s'il n'eût pas été fort proche. — On a acheté les esclaves lorsque Faustus n'y pensait pas, sans qu'il le sût, sans qu'il le voulût.

55. Mais il existe une lettre de Faustus à Sylla, par laquelle il le prie d'acheter des gladiateurs, et ceux-là même qu'il a achetés. Et ce n'est pas seulement à Sylla qu'il écrit; il écrit encore à Lucius César, à Quintus Pompéius, à Caïus Memmius, dont on appris l'avis dans toute cette affaire. — Mais (2) Sylla avait l'ins-

---

(1) Faustus, parent de Sylla, devait donner un spectacle de gladiateurs en vertu du testament de son père. Les accusateurs prétendaient que Sylla s'était servi de ce prétexte pour rassembler des gladiateurs, qui devaient servir aux projets de Catilina. Tout cet article n'est pas facile à entendre; on a tâché de l'éclaircir le mieux qu'il a été possible, en marquant bien le dialogue entre Cicéron et les accusateurs.

(2) Ou il faut supprimer tout à fait Cornélius, ou il faut le changer en Sylla. Cependant un éditeur moderne lit formellement, *At præf. familiæ Cornelius.*

Jam si in comparanda familia suspicio est nulla; quòd præfuit, nihil ad rem pertinet. Sed tamen munere servili obtulit se ad ferramenta prospicienda; præfuit verò nunquam: eaque res per Bellum (1), Fausti libertum, omni tempore administrata est.

XX. At enim Cincius est ab hoc in ulteriorem Hispaniam missus, ut eam provinciam perturbaret. Primùm Cincius, Judices, L. Julio, C. Figulo, consulibus, profectus est aliquantò ante furorem Catilinæ, et ante suspicionem hujus conjurationis: deinde est profectus non tum primùm, sed quum in iisdem locis aliquantò antè eâdem de causâ aliquot annos fuisset: ac profectus est non modò ob causam, sed etiam necessariam causam, magnâ ratione cum Mauritaniæ rege contractâ. Tum autem, illo profecto, Sullâ procurante ejus rem et gerente, plurimis et pulcherrimis P. Cincii prædiis venditis, æs alienum ejusdem dissolutum est: ut, quæ causa ceteros ad facinus impulit, cupiditas retinendæ possessionis, ea Cincio non fuerit, prædiis deminutis.

57. Jam verò illud quàm incredibile? quàm absurdum? qui Romæ cædem facere, qui hanc urbem inflammare vellet, eum familiarissimum suum dimittere ab se, et mandare in ultimas terras? Utrùm quò

(1) Des éditions portent *Balbum*.

pection des esclaves. — Si les avoir achetés n'est pas suspect, en avoir eu l'inspection ne prouve rien. Mais enfin il n'a jamais eu l'inspection des gladiateurs; il s'est chargé uniquement d'examiner leurs armes, ce que pouvait faire un simple esclave. C'est Bellus, affranchi de Faustus, qui en tout temps a gouverné cette troupe.

XX. Mais, dit-on, Sylla a envoyé Cincius (1) dans l'Espagne ultérieure pour soulever cette province. D'abord, Romains, Cincius est parti, sous le consulat de Julius et de Figulus, quelque temps avant les fureurs de Catilina, et avant que l'on eût aucune connaissance de la conjuration. Ensuite, ce n'est pas la première fois qu'il s'est rendu dans cette contrée; il y avait déjà passé quelques années pour le même motif. Car il avait un motif pour partir, et même indispensable, ayant de grands comptes à régler avec le roi de Mauritanie (2). Ce fut alors que Sylla, qu'il avait chargé en son absence de gouverner ses biens, fit vendre un grand nombre des plus belles terres de Cincius, et qu'avec l'argent il paya les dettes. Cincius n'avait donc pas la même raison qui a jeté les autres dans le crime, l'envie de retenir ses possessions, puisqu'il avait aliéné une partie de ses terres.

57. Mais n'est-il pas incroyable, n'est-il pas absurde, qu'un homme qui voulait remplir la ville de meurtres et la réduire en cendres, éloignât de lui son ami intime, le reléguât aux extrémités de la terre? Le sou-

---

(1) Je ne sache pas qu'il soit parlé ailleurs de ce Cincius. Cortius, dans son Salluste, Catilin. 21, montre qu'il faut lire *Cittius*.

(2) Hiempsal.

facilius Romæ ea, quæ conabatur, efficeret, si in Hispania turbatum esset? at hæc ipsa per se sine ulla conjunctione agebantur. An in tantis rebus, tam novis consiliis, tam periculosis, tam turbulentis, hominem amantissimum suî, familiarissimum, conjunctissimum officiis, usu, consuetudine, dimittendum esse arbitraretur? Verisimile non est, ut, quem in secundis rebus, quem in otio secum semper habuisset, hunc in adversis, et in eo tumultu, quem ipse comparabat, ab se dimitteret.

58. Ipse autem Cincius (non enim mihi deserenda est causa amici veteris atque hospitis) is homo est, aut eâ familiâ ac disciplinâ, ut hoc credi possit, eum bellum reipublicæ facere voluisse? ut, cujus pater, quum cæteri deficerent finitimi ac vicini, singulari exstiterit in rempublicam nostram officio et fide, is sibi nefarium bellum contra patriam suscipiendum putaret? cujus æs alienum videmus, judices, non libidine, sed negotii gerendi studio esse contractum; qui ita Romæ debuit, ut in provinciis et in regnis maximæ ei pecuniæ deberentur: quas quum peteret, non commisit, ut sui procuratores quidquam oneris, absente se, sustinerent: venire omnes suas possessiones, et patrimonio se ornatissimo spoliari maluit, quàm ullam moram cuiquam fieri creditorum suorum.

lèvement de l'Espagne lui aurait-il rendu plus facile dans Rome l'exécution de ses funestes projets? Mais ces choses étaient indépendantes, et n'avaient entre elles aucune liaison. Aurait-il, dans d'aussi importantes conjonctures, dans des entreprises aussi nouvelles, aussi violentes, aussi périlleuses, aurait-il éloigné son meilleur ami, avec lequel il était lié étroitement par de bons offices réciproques, par l'habitude de vivre ensemble? Il n'est pas vraisemblable qu'un homme qu'il avait toujours avec lui dans sa prospérité, quand tout était calme, il l'éloignât de lui dans son adversité, dans la révolution qu'il voulait exciter lui-même.

58. Quant à Cincius (car je ne dois pas abandonner la cause d'un ancien hôte, d'un ancien ami), est-il homme, est-il d'une famille et d'une conduite à faire juger qu'il ait voulu déclarer la guerre à la patrie? Quoi! son père, au milieu de la défection de tous nos autres voisins (1), a témoigné à notre république le plus sincère attachement, l'a servie avec le plus grand zèle; et lui, son fils, aurait pu entreprendre contre la patrie une guerre atroce! Nous le voyons, Romains; ce n'est pas la débauche qui lui a fait contracter des dettes, mais le désir d'étendre sa fortune. S'il devait à Rome, on lui devait des sommes immenses dans les provinces et dans les royaumes. Occupé à les recueillir, il ne souffrit pas que ceux qu'il avait chargés de gouverner ses biens, eussent aucun embarras en son absence; il aima mieux faire vendre toutes ses possessions, et se dépouiller d'un riche patrimoine, que de faire attendre aucun de ses créanciers.

(1) L'orateur parle, sans doute, ici de la guerre Italique ou Marsique.

59. A quo quidem genere, judices, ego nunquam timui, quum in illa reipublicæ tempestate versarer. Illud erat genus hominum horribile et pertimescendum, qui tanto amore suas possessiones amplexi tenebant, ut ab his membra divelli citiùs ac distrahi posse diceres. Gincius nunquam sibi cognationem cum prædiis esse existimavit suis : itaque se non modò ex suspicione tanti sceleris, verùm etiam ex omni hominum sermone, non armis, sed patrimonio suo vindicavit.

XXI. Jam verò, quod subjicit (1), Pompeianos esse à Sulla impulsos, ut ad istam conjurationem et ad hoc nefarium facinus accederent, id cujusmodi sit, intelligere non possum. An tibi Pompeiani conjurasse videntur? quis hoc unquam dixit? aut quæ fuit istius rei vel minima suspicio? Disjunxit, inquit, eos à colonis, ut, hoc dissidio (2) ac dissensione factâ, oppidum in sua potestate et Pompeianos habere. Primùm omnis Pompeianorum colonorumque dissensio delata ad patronos est, quum jam inveterasset, ac multos annos esset exagitata : deinde ita à patronis res cognita est, et nulla in re à ceterorum sententiis Sulla dissenserit : postremò coloni ipsi sic intelligunt, non Pompeianos à Sulla magis, quàm sese esse defensos.

61. Atque hoc, judices, ex hac frequentia colonorum, honestissimorum hominum, intelligere potestis, qui adsunt, laborant, hunc patronum, de-

(1) D'autres éditions portent *objicit*.
(2) Autrement *discidio*.

59. Non, Romains, ce ne fut jamais cette espèce d'hommes que j'appréhendai, dans l'horrible tempête qui agitait la république. Ceux que je redoutais, ceux qui me faisaient trembler, c'étaient ces hommes qui embrassaient si étroitement leurs possessions, que, pour les en séparer, il aurait fallu arracher leurs membres. Cincius n'a jamais cru devoir s'identifier ainsi avec ses terres. Aussi a-t-il employé pour se mettre à l'abri du soupçon d'un crime affreux, et même de tous les discours de la malignité, non les armes, mais son propre patrimoine.

XXI. L'accusateur reproche encore à Sylla d'avoir sollicité les habitans de Pompéï à entrer dans le noir projet de la conjuration; mais je ne puis comprendre ce qu'il veut dire. Prétendez-vous, Torquatus, que les habitans de Pompéï aient été du nombre des conjurés? Qui l'a dit jamais? qui jamais en a eu le moindre soupçon? Sylla, dites-vous, a jeté la discorde parmi les citoyens naturels et ceux de la colonie, afin de pouvoir disposer, par cette division, de la ville et de tous ses habitans. D'abord, toute cette dissension entre les naturels et les colons était déjà ancienne, et durait depuis plusieurs années, lorsqu'elle fut remise à l'arbitrage des protecteurs de la ville. Ensuite, ceux-ci, ayant pris connaissance de cette affaire, ne trouvèrent aucune opposition de la part de Sylla. Enfin, les citoyens même de la colonie sont persuadés que Sylla n'a pas moins pris leur défense que celle des anciens habitans.

61. C'est ce dont, Romains, vous pouvez vous convaincre par le grand nombre des citoyens les plus distingués de la colonie, qui sollicitent et s'intéressent pour leur protecteur et leur défenseur : s'ils n'ont

fensorem, custodem illius coloniæ, si in omni fortuna, atque in omni honore incolumem habere non potuerunt, in hoc tamen casu, quo afflictus jacet, per vos tutari conservareque (1) cupiunt. Adsunt pari studio Pompeiani, qui ab illis etiam in crimen vocantur : qui ita de ambitione (2), et de suffragiis suis cum colonis dissenserunt, ut idem de communi salute sentirent. Ac ne hæc quidem P. Sullæ mihi videtur silentio prætereunda esse virtus, quòd, quum ab hoc illa colonia deducta sit, et quum commoda colonorum à fortunis Pompeianorum reipublicæ fortuna (3) disjunxerit, ita carus utrisque est atque jucundus, ut non alteros demovisse, sed utrosque constituisse videatur.

XXII. At enim et gladiatores, et omnis ista vis, rogationis Cæciliæ causâ comparabantur; atque hoc loco in L. Cæcilium, pudentissimum atque ornatissimum virum, vehementer invectus est : cujus ego de virtute et constantia, judices, tantum dico, talem hunc in ista rogatione, quam promulgavit (4), non de tollenda, sed de levanda calamitate fratris sui, fuisse,

---

(1) Quelques-uns veulent lire *conservarique.*

(2) *De ambitione*, pour les moyens de parvenir aux honneurs. On a préféré cette leçon à celle de *de ambulatione.*

(3) *Reipublicæ fortuna*, « de malheureuses circonstances, » c'est-à-dire les discordes et les dissensions civiles, d'après lesquelles Sylla vainqueur avait établi de ses partisans dans des villes, pour les récompenser au préjudice des anciens habitans.

(4) *Quam promulgavit*, qu'il voulait porter. On affichait la loi (*lex promulgabatur*) pour être examinée avant d'être portée.

pu le maintenir dans tout son éclat et dans toutes ses prérogatives, ils souhaitent du moins lui conserver, avec votre secours, ce qui lui reste dans sa chute. Les anciens habitans sollicitent pour lui avec le même zèle, ces hommes à qui nos adversaires n'épargnent pas d'odieuses imputations. S'ils ont été divisés avec les citoyens de la colonie pour les suffrages et pour les moyens de parvenir aux honneurs, ils étaient unis avec eux de sentimens pour les intérêts de notre république. Et je ne dois pas, à ce qu'il me semble, passer sous silence le rare talent de Sylla. Quoique ce fût lui qui eût conduit la colonie, quoique de malheureuses circonstances eussent séparé les intérêts des nouveaux habitans de ceux des anciens, il a su se rendre cher et agréable aux uns et aux autres, de sorte qu'il paraît, non pas avoir dépossédé une partie d'entre eux, mais les avoir mis tous en possession d'un commun territoire.

XXII. Mais, dit Torquatus, toutes ces acquisitions de gladiateurs, tous ces projets de violence, n'avaient pour but que la loi Cécilia. Et ici il s'est déchaîné sans ménagement contre Cécilius (1), citoyen rempli d'honneur et de mérite. Tout ce que je dirai, Romains, de ses principes de vertu, c'est que, dans la loi qu'il voulait porter, non pour finir, mais pour adoucir la disgrâce d'un beau-frère, il a voulu ménager les

---

(1) Cécilius, frère, ou beau-frère, ou cousin-germain de Sylla (car *frater* peut signifier ces trois degrés de parenté), avait porté une loi par laquelle il demandait qu'il fût permis aux citoyens condamnés pour brigue de demander les magistratures. Cicéron excuse avec beaucoup d'adresse la démarche de Cécilius.

ut consultum esse voluerit fratri, cum republica pugnare noluerit; promulgarit impulsus amore fraterno, destiterit fratris auctoritate deductus.

63. Atque in ea re per L. Cæcilium Sulla accusatur, in qua re est uterque laudandus. Primùm Cæcilius, qui id promulgavit, quo fratris casum levare posset : quem quia res judicatas videbatur voluisse rescindere, ut restitueretur, Sulla hic rectè reprehendit (1). Status enim reipublicæ maximè judicatis rebus continetur; neque ego tantum fraterno amori dandum arbitror, ut quisquam de salute suorum consulat, communem relinquat. Nihil de judicio ferebat; sed pœnam ambitûs eam ferebat, quæ fuerat nuper superioribus legibus constituta : itaque hac rogatione, non judicum sententiam, sed legis vitium corrigebat. Nemo judicium reprehendit, quum de pœna queritur, sed legem : damnatio enim est judicum, quæ manebat; pœna, legis, quæ levabatur. Noli igitur animos eorum ordinum, qui præsunt judiciis summa cum gravitate et dignitate, alienare à causa : nemo labefactare judicium est conatus : nihil est ejusmodi promulgatum. Semper Cæcilius, in calamitate fratris sui, judicum potestatem perpetuandam, legis acerbitatem mitigandam putavit.

XXIII. Sed quid ego de hoc plura disputem? Dicerem fortasse, et facilè et libenter dicerem. Si paulò etiam longiùs, quàm finis quotidiani officii pos-

---

(3) C'est ainsi qu'un savant a lu et ponctué ce passage. Voici comme on le trouve dans d'autres éditions : *Primùm Cæcilius, qui id promulgarit, in quo res judicatas videbatur voluisse rescindere, ut statueretur : Sulla recte reprehendit. Status*, etc.

intérêts de son parent sans vouloir combattre ceux de la république : il a proposé sa loi par tendresse pour son beau-frère, et il s'est désisté sur les représentations de ce même beau-frère.

63. On accuse donc Sylla à cause de Cécilius dans un point où ils méritent tous deux des éloges. Cécilius doit être loué d'avoir voulu alléger l'infortune de son beau-frère en adoucisant la peine de la loi ; et parce qu'en proposant sa loi il semblait, pour rétablir Sylla, vouloir infirmer les choses jugées, Sylla avait raison de le reprendre ; car la république subsiste surtout par l'invariabilité des choses jugées ; et je ne pense pas que la tendresse fraternelle puisse autoriser personne à sacrifier les intérêts communs à ceux de ses proches. Au reste, sans toucher au jugement, Cécilius voulait abolir la peine établie contre la brigue par les dernières lois. Ainsi par sa loi il n'infirmait pas la sentence des juges, mais il corrigeait le vice de la loi. Lorsqu'on examine la peine, ce n'est pas le jugement qu'on attaque, mais la loi. La condamnation que Cécilius laissait entière, était prononcée par les juges ; la peine qu'il voulait adoucir était portée par la loi. Ne cherchez donc pas, Torquatus, à indisposer contre nous les ordres qui remplissent les tribunaux avec tant d'intégrité et de dignité. Personne n'a entrepris d'affaiblir les décisions des juges : on n'a rien proposé de pareil. Cécilius, dans la disgrâce de son beau-frère, a toujours cru que l'autorité des tribunaux devait être inébranlable, que la loi seulement pouvait être adoucie.

XXIII. Mais pourquoi m'épuiser ici en raisonnemens ? Je pourrais aisément le dire, et je le dirais bien volontiers : quand l'amour pour ses proches et la

tulat (1), pietas et fraternus amor L. Cæcilium protulisset ; implorarem sensus vestros, uniuscujusque indulgentiam in suos testarer, peterem errato veniam L. Cæcilii ex intimis vestris cogitationibus, atque ex humanitate communi.

65. Lex dies fuit proposita paucos, ferri cœpta nunquam ; posita est in senatu, populum Romanum latuit : quum in Capitolium nos senatum convocassemus, nihil est actum priùs ; et id mandato Sullæ Q. Metellus prætor se loqui dixit, Sullam illam rogationem de se nolle ferri. Ex illo tempore, L. Cæcilius multa de republica egit : agrariæ legi, quæ tota à me reprehensa et abjecta est, intercessorem fore professus est ; improbis largitionibus restitit, senatûs auctoritatem nunquam impedivit ; ita se gessit in tribunatu, ut, onere deposito domestici officii, nihil postea nisi de reipublicæ commodis cogitarit.

66. Atque in ipsa rogatione, ne per vim quid ageretur, quis tamen (2) nostrûm Sullam aut Cæcilium verebatur ? nonne omnis ille terror, omnis seditionis timor atque opinio, ex Autronii improbitate pendebat ? Ejus voces, ejus minæ ferebantur ; ejus adspec-

(1) « Un peu au-delà des bornes d'une morale exacte. » *Finis quotidiani officii* peut encore s'expliquer par « les principes de vertu qui règlent toutes les actions de la vie. »

(2) *Tamen.* Autrement *tum.*

tendresse pour son beau-frère auraient porté Cécilius un peu au-delà des bornes d'une morale exacte, j'en appellerais à votre cœur, j'attesterais l'affection que chacun a pour les siens; je chercherais dans vos propres sentimens, et dans ceux de tous les hommes, le pardon de la faute de Cécilius.

65. La loi a été proposée pendant quelques jours : on ne s'est jamais mis en devoir de la porter. On en a parlé dans le sénat : on n'en a rien dit au peuple. Lorsque nous eûmes convoqué le sénat dans le Capitole, ce fut la première affaire que l'on mit en délibération; le préteur Métellus (1) vint annoncer, au nom et de la part de Sylla, que Sylla ne voulait pas qu'on portât pour lui cette loi. Depuis ce temps, Cécilius a agi en beaucoup d'occasions pour la république; il a déclaré qu'il serait opposant à la loi agraire (2), cette loi que j'ai attaquée et anéantie; il s'est opposé à de criminelles largesses; jamais il n'a empêché l'effet des décisions du sénat : enfin, telle a été sa conduite, tant qu'il a été tribun, qu'après s'être acquitté de ce qu'il devait à sa famille, il ne s'est occupé depuis que des intérêts de la république.

66. Qui de vous, lorsqu'on proposait la loi, appréhendait quelque violence de la part de Sylla ou de Cécilius? Toutes les alarmes, toutes les craintes et toutes les idées de sédition ne venaient-elles point de la perversité d'Autronius? Ses paroles et ses menaces étaient publiées partout : son air, ses courses, son

(1) Quintus Métellus Celer, qui fut consul deux ans après.

(2) Loi portée par le tribun Rullus, contre lequel nous avons plusieurs harangues de Cicéron.

tus, concursatio, stipatio, greges hominum perditorum, metum nobis seditionesque afferebant. Itaque P. Sulla, hoc importunissimo tum honoris, tum etiam calamitatis socio atque comite, et secundas fortunas amittere coactus est, et in adversis sine ullo remedio atque allevamento permanere.

XXIV. Hic tu epistolam meam sæpe recitas, quam ego ad Cn. Pompeium de meis rebus gestis, et de summa reipublicæ misi; et ex ea crimen aliquod in P. Sullam quæris; et, si furorem incredibilem biennio antè conceptum erupisse in meo consulatu scripsi, me hoc demonstrasse dicis, Sullam in illa fuisse superiore conjuratione. Scilicet is sum, qui existimem Cn. Pisonem, et Catilinam, et Vargunteium, et Autronium nihil sceleratè, nihil audacter ipsos per sese sine P. Sulla facere potuisse.

68. De quo etiam si quis dubitasset antea, num, id quod tu arguis, cogitasset, interfecto patre tuo, consule, descendere calendis januariis cum lictoribus : sustulisti hanc suspicionem, quum dixisti, hunc, ut Catilinam consulem efficeret, contra patrem tuum operas et manum comparasse. Quod si tibi ego confiteor, tu mihi concedas necesse est, hunc, quum Catilinæ suffragaretur, nihil de suo consulatu, quem judicio amiserat, per vim recuperando cogitavisse : neque enim istorum facinorum tantorum, tam atrocium crimen, judices, P. Sullæ persona suscepit.

cortége, les troupes d'hommes pervers qu'il traînait après lui, nous inspiraient la terreur, nous annonçaient des séditions. Ce compagnon odieux de son élévation et de sa chute (1) fit perdre à Sylla sa prospérité, et le fit rester dans le malheur, sans aucune ressource, sans aucun adoucissement.

XXIV. Ici, Torquatus, vous faites souvent mention de la lettre que j'ai écrite à Pompée sur les faits de mon consulat, et sur les grands intérêts de la république; vous y cherchez un moyen contre celui que vous accusez; et si j'ai marqué que d'incroyables fureurs, conçues deux années auparavant, ont éclaté sous mon consulat, j'ai déclaré, selon vous, que Sylla était dans la première conjuration. Oui, sans doute, je suis homme à croire que Pison, Catilina, Varguntéius, Autronius, n'ont pu commettre par eux-mêmes, sans Sylla, aucun excès d'audace et de scélératesse.

68. Quand même on aurait douté précédemment s'il avait résolu, comme vous l'en accusez, de tuer votre père, qui était consul, et de se rendre, aux calendes de janvier, dans la place publique avec des licteurs, vous avez détruit ce soupçon en disant qu'il avait ramassé contre votre père des troupes de misérables pour faire nommer Catilina consul. Si je conviens avec vous de ce dernier article, convenez avec moi que, favorisant Catilina dans sa demande, il n'a point songé à recouvrer par la violence le consulat qu'un arrêt lui avait fait perdre. Non, Romains, non, la personne même de Sylla ne saurait admettre l'imputation de pareils forfaits, de crimes aussi atroces.

(1) Autronius et Sylla furent tous deux en même temps désignés consuls, tous deux accusés de brigue et condamnés.

69. Jam enim faciam, criminibus omnibus ferè dissolutis, contrà atque in ceteris causis fieri solet (1), ut nunc denique de vita hominis ac de moribus dicam. Etenim de principio (2) studuit animus occurrere magnitudini criminis, satisfacere exspectationi hominum; de me aliquid ipso, qui accusatus eram, dicere. Nunc jam revocandi estis eò, quò vos ipsa causa, etiam tacente me, cogit animos mentesque convertere.

XXV. Omnibus in rebus, judices, quæ graviores majoresque sunt, quid quisque voluerit, cogitarit, admiserit, non ex crimine, sed ex moribus ejus, qui arguitur, est ponderandum. Neque enim potest quisquam nostrûm subitò fingi, neque cujusquam repentè vita mutari, aut natura converti. Circumspicite paulisper mentibus vestris, ut alia omittamus, hosce ipsos homines, qui huic affines sceleri fuerunt. Catilina contra rempublicam conjuravit. Cujus aures unquam hoc respuerunt, conatum esse, hominem usque à pueritia non solùm intemperantiâ et scelere, sed etiam consuetudine et studio in omni flagitio, stupro, cæde versatum? quis eum contra patriam pugnantem periisse miratur, quem semper omnes ad civile latrocinium natum putaverunt? Quis Lentuli societates cum audacibus (3), quis insaniam libidinum,

(1) « Après avoir détruit à peu près tous les griefs, je ferai le contraire de ce qui se pratique dans les autres causes. » Car on commençait ordinairement par exposer la vie et les mœurs de l'accusé.

(2) *De principio*, avant tout. Schütz écrit *a principio*.

(3) Cette version semble préférable à celle de *cum judicibus*.

69. Car, après avoir détruit à peu près tous les griefs, je ferai le contraire de ce qui se pratique dans les autres causes; je vais enfin parler de la vie et des mœurs de l'accusé. J'ai voulu, avant tout, détruire une accusation grave, satisfaire l'attente du public, dire quelque chose de moi, que n'a pas épargné l'accusateur. Il faut à présent que je vous rappelle à l'objet vers lequel, sans qu'il soit besoin de vous y exhorter, la cause même vous engage à tourner vos esprits et toute votre attention.

XXV. Dans toutes les accusations sérieuses et importantes, on doit juger de ce que chacun a pu vouloir entreprendre ou faire, non d'après les délits qu'on lui impute, mais d'après ses mœurs : car nul homme ne saurait se transformer tout à coup; il ne saurait changer en un instant de conduite et de caractère. Jetez un coup d'œil, sans parler du reste, sur les hommes même évidemment coupables du crime dont on accuse Sylla. Catilina a conspiré contre la république; refusa-t-on jamais de croire un pareil dessein de la part d'un homme qu'on avait vu, dès sa plus tendre jeunesse, entraîné, non seulement par des idées de crime et de licence, mais encore par goût et par habitude, dans toutes sortes de meurtres, d'adultères et d'infamie? Vit-on avec surprise périr, en combattant contre la patrie, un homme qu'on avait toujours regardé comme né pour les discordes civiles? Lorsqu'on se rappelle les liaisons de Lentulus avec les plus audacieux, ses extravagantes débauches, ses absurdes

quis perversam atque impiam religionem recordatur, qui illum aut nefariè cogitasse, aut stultè sperasse miretur? Quis de C. Cethego, atque ejus in Hispaniam profectione (1), ac de vulnere Q. Metelli Pii cogitat, cui non ad illius pœnam carcer ædificatus esse videatur? Omitto cæteros, ne sit infinitum.

71. Tantum à vobis peto, ut taciti de omnibus, quos conjurasse cognitum est, cogitetis: intelligetis, unumquemque illorum priùs à sua vita, quàm nostrâ suspicione esse damnatum. Ipsum illum Autronium (quoniam ejus nomen finitimum maximè est hujus periculo et crimini) non sua consuetudo ac vita convincit (2)? semper audax, petulans, libidinosus; quem in stuprorum defensionibus non solùm verbis uti improbissimis solitum esse scimus, verùm etiam pugnis et calcibus; quem exturbare homines è possessionibus, cædem facere vicinorum, spoliare fana sociorum, vi conatum (3) et armis disturbare judicia, in bonis rebus omnes contemnere, in malis pugnare contra bonos, non reipublicæ cedere, non fortunæ ipsi succumbere: hujus si causa non manifestissimis rebus teneretur, tamen eum mores ipsius ac vita convincerent.

XXVI. Agedum (4), conferte nunc cum illis vitam P. Sullæ, vobis populoque Romano notissimam, judices, et eam ante oculos vestros proponite. Ecquod hujus factum aut commissum, non dicam au-

---

(1) « A son voyage en Espagne. » On croit que Céthégus était passé en Espagne pour servir contre Sertorius, et que ce fut là qu'il frappa Métellus Pius.

(2) « Ne sont-ce point ses mœurs et sa vie qui le condamnent? » L'autre leçon est, *non sua hæc vita conv.*

(3) *Conatum.* Quelques savans voudraient, avec Lam-

et sacriléges superstitions, peut-on être étonné de ses criminels projets ou de ses folles espérances? peut-on songer à Céthégus, à son voyage en Espagne, au coup dont il frappa dans sa fureur Métellus Pius, sans juger que la prison avait été construite pour le punir? Je ne finirais pas si je voulais parler des autres.

71. Je vous prie seulement de penser en vous-mêmes à tous ceux dont on a découvert la conjuration; vous verrez qu'avant d'être condamnés par nos soupçons, ils l'ont été par leur propre vie. Cet Autronius lui-même, dont le nom est étroitement lié avec l'accusation actuelle, ne sont-ce point ses mœurs et sa vie qui le condamnent? Toujours audacieux, remuant, emporté, nous l'avons vu, quand on l'accusait d'infâmes débauches, se défendre, non seulement par l'effronterie des propos, mais par des voies de fait : nous l'avons vu chasser des citoyens de leurs possessions, tuer ses voisins, dépouiller les temples des alliés, troubler les jugemens par les armes et la violence, mépriser tout le monde quand la fortune lui était favorable, attaquer les gens de bien quand elle lui était contraire, incapable de céder à la république, de plier même sous les coups du sort. Quand l'évidence des faits ne le condamnerait pas, ses mœurs et sa conduite suffiraient pour le convaincre.

XXVI. Comparez maintenant avec une telle vie celle de Sylla : elle vous est très-connue, à vous et au peuple romain, et je vous prie de la remettre vous-mêmes sous vos yeux. Peut-on citer de lui aucun trait, je ne dirai pas d'audace, mais d'imprudence?

---

bin, supprimer ce mot, comme inutile, et ne faisant qu'embarrasser la phrase.

(4) Lambin lit *agitedum*, contre les livres.

dacius, sed quod cuiquam paulò minus consideratum videretur ? factum quæro : verbum ecquod unquam ex ore hujus excidit, unde quisquam posset offendi ? At verò in illa gravi L. Sullæ victoria, turbulentaque, quis P. Sullâ mitior ? quis misericordior inventus est ? quàm multorum hic vitam est à L. Sulla deprecatus ? quàm multi sunt summi homines, et ornatissimi, et nostri, et equestris ordinis, quorum pro salute se hic Sullæ obligavit ? quos ego nominarem ; neque enim ipsi nolunt, et huic animo gratissimo adsunt : sed quia majus est beneficium, quàm posse debet civis civi dare, ideo à vobis peto, ut, quod potuit, tempori tribuatis ; quod fecit, ipsi.

73. Quid reliquam constantiam vitæ commemorem ? dignitatem ? liberalitatem ? moderationem in privatis rebus ? splendorem in publicis ? quæ ita à fortuna deformata sunt, ut tamen à natura inchoata compareant. Quæ domus ? quæ celebratio quotidiana ? quæ familiaris dignitas ? quæ studia amicorum ? quæ ex quoque ordine multitudo ? Hæc diu multùmque, et multo labore quæsita, una eripuit hora. Accepit P. Sulla, judices, vehemens vulnus, et mortiferum ; verumtamen ejusmodi, quod videretur ejus vita et natura accipere potuisse. Honestatis et dignitatis habuisse nimis magnam judicatus est cupiditatem; quam si nemo alius habuit in consulatu petendo, cupidior judicatus est hic fuisse, quàm ceteri : sin etiam in aliis non-

lui est-il même échappé une seule parole qui pût offenser? Dans cette cruelle et désastreuse victoire de Sylla, qui fut plus doux que lui, qui fut plus compatissant? de combien d'hommes ne demanda-t-il pas la grâce? pour combien de grands et illustres personnages, soit de notre ordre, soit de l'ordre équestre, ne se rendit-il pas caution auprès du vainqueur? Je les nommerais volontiers, sans craindre de leur faire aucune peine, puisque eux-mêmes sollicitent pour l'accusé avec tout le zèle de la reconnaissance : mais comme le bienfait est au-dessus de ce qu'un citoyen doit pouvoir accorder à un citoyen, je vous prie d'attribuer à la circonstance que Sylla ait pu rendre de tels services, et à lui-même qu'il les ait rendus.

73. Pourquoi parler du reste de sa vie, qui ne se démentit jamais? de sa dignité, de sa générosité, de sa simplicité dans sa conduite privée, de sa magnificence dans les occasions d'éclat? La fortune a défiguré ses traits, mais sans pouvoir effacer l'ébauche qu'en avait tracée la nature. Que dirai-je de sa maison? comme elle était fréquentée tous les jours! quelle dignité dans ses liaisons familières! que d'attachement pour lui de la part de ses amis! combien n'en comptait-il pas dans tous les ordres! Ces avantages, qu'il avait acquis depuis long-temps et par bien des travaux, un seul moment les a enlevés. Sylla, sans doute, a reçu un coup terrible et mortel; mais il pouvait le recevoir avec une telle vie et un tel caractère. On jugea qu'il avait désiré trop ardemment les honneurs et les illustrations. Si nul autre n'a témoigné un désir aussi vif dans la demande du consulat, on a jugé qu'il était plus ardent que personne : mais si plusieurs se sont montrés aussi empressés de parvenir à la suprême

nullis fuit iste consulatûs amor ; fortuna in hoc fuit fortasse gravior, quàm in ceteris.

74. Postea verò quis P. Sullam, nisi mœrentem, demissum, afflictumque vidit? Quis unquam est suspicatus, hunc magis odio, quàm pudore, hominum adspectum lucemque vitare? Qui, quum multa haberet invitamenta urbis et fori, propter summa studia amicorum, quæ tamen ei sola in malis restiterunt; abfuit ab oculit vestris, et, quum lege retineretur, ipse se exsilio penè multavit. In hoc vos pudore, judices, et in hac vita, tanto sceleri locum fuisse creditis?

XXVII. Adspicite ipsum, contuemini os, conferte crimen cum vita : vitam, ab initio ad hoc tempus explicatam, cum crimine recognoscite. Mitto rempublicam, quæ fuit semper Sullæ carissima : hosne amicos, tales viros, tam cupidos suî, per quos res ejus secundæ quondam erant ornatæ, nunc sublevantur adversæ, crudelissimè perire voluit, ut cum Lentulo, et Catilina, et Cethego, fœdissimam vitam ac miserrimam, turpissimâ morte proposita, degeret? Non cadit, non, inquam, cadit in hos mores, non in hunc

magistrature, peut-être la fortune a-t-elle été plus rigoureuse pour lui que pour les autres.

74. Depuis sa disgrâce, n'a-t-on pas toujours vu Sylla affligé, abattu, humilié? A-t-on jamais soupçonné qu'il évitât de paraître en public, dans les grandes assemblées, par haine des hommes plutôt que par honte? Bien des motifs l'engageaient à habiter la ville, à fréquenter le forum, où il trouvait des amis pleins d'affection, seul bien qu'il ait conservé dans son malheur; il s'éloigna cependant de votre présence; et quoique la loi (1) lui permît de rester, il se condamna lui-même à une espèce d'exil. Croyez-vous que, dans une telle vie, dans une âme si confuse de son arrêt de condamnation, un si horrible attentat ait pu trouver place?

XXVII. Regardez Sylla lui-même, voyez sa contenance, comparez l'accusation avec sa vie; cette vie, qui, depuis sa première jeunesse, s'est développée sous vos yeux, confrontez-la avec l'accusation. Je ne parle point de la république, qui fut toujours si chère à son cœur : ses amis ici présens, ces hommes si respectables, qui lui sont si dévoués, qui ont embelli les jours de sa prospérité, et qui adoucissent maintenant le poids de ses disgrâces, il aurait donc voulu les voir cruellement périr, afin de traîner avec Lentulus, Catilina et Céthégus, une vie affreuse et misérable, dont la fin n'aurait pu être qu'une mort déshonorante? Non, assurément, non; ce n'est pas sur

---

(1) La loi Calpurnia ne punissait pas de l'exil celui qui était condamné pour brigue; cette peine fut ajoutée depuis, d'après une loi portée par Cicéron lui-même.

pudorem, non in hanc vitam, non in hunc hominem ista suspicio : nova quædam illa immanitas exorta est; incredibilis fuit ac singularis furor ; ex multis ab adolescentia collectis perditorum hominum vitiis, repentè tanta ista importunitas inauditi sceleris exarsit.

76. Nolite, judices, arbitrari, hominum illum impetum et conatum fuisse. Neque enim ulla gens tam barbara, aut tam immanis unquam fuit, in qua non modò tot, sed unus tam crudelis hostis patriæ sit inventus : belluæ quædam illæ ex portentis immanes, ac feræ formâ hominum indutæ, exstiterunt. Perspicite etiam atque etiam, judices : nihil enim est, quod in hac causa dici possit vehementius; penitus introspicite Catilinæ, Autronii, Cethegi, Lentuli, cæterorumque mentes : quas vos in his libidines, quæ flagitia, quas turpitudines, quantas audacias, quàm incredibiles furores, quas notas scelerum, quæ indicia parricidiorum, quantos acervos facinorum reperietis? Ex magnis, et diuturnis, et jam desperatis reipublicæ morbis ista repentè vis erupit, ut, eâ confectâ et ejecta, convalescere aliquando et sanari civitas possit. Neque enim est quisquam, qui arbitretur, illis inclusis in republica pestibus, diutius hæc stare potuisse : itaque eos non ad perficiendum scelus,

de telles mœurs, sur une telle sagesse, sur une telle vie, sur une telle personne, que peut tomber un pareil soupçon. La conjuration était quelque chose de monstrueux et d'atroce; c'était une fureur incroyable et sans exemple : c'est de tous les vices d'êtres pervers, accumulés depuis la jeunesse, qu'on a vu éclater tout à coup le plus exécrable, le plus inouï de tous les complots.

76. Ne croyez pas, Romains, que ce soient des hommes qui aient conçu de tels projets, qui aient commis de tels excès. Non, il n'est point de nation féroce et barbare où il se soit rencontré, je ne dis pas un si grand nombre de scélérats, mais un seul ennemi de la patrie aussi cruel : ce n'étaient pas des hommes, c'étaient des bêtes féroces, des monstres abominables sous des figures humaines. Examinez attentivement les choses, Romains; on ne peut rien dire ici de trop fort. Pénétrez dans le cœur de Catilina, d'Autronius, de Céthégus, de Lentulus; que de dissolutions, que d'infamies, que de turpitudes, que d'attentats, que d'incroyables fureurs, quel tissu de crimes, quel enchaînement de parricides, quelle accumulation de forfaits n'y trouverez-vous pas! De funestes maladies travaillaient le corps de l'état; maladies invétérées et déjà désespérées, qui ont occasioné tout à coup une éruption d'humeurs vicieuses, éruption assez abondante pour soulager enfin la république, lui rendre la santé, et rétablir ses forces. Eh! si ces pestes publiques fussent restées enfermées dans le sein de Rome, croira-t-on que cet empire eût pu subsister encore longtemps? Ainsi, je le puis dire, ce n'est point pour consommer leur crime, mais pour satisfaire à la républi-

sed ad luendas reipublicæ pœnas Furiæ quædam incitaverunt.

XXVIII. In hunc igitur gregem vos nunc P. Sullam, judices, ex his, qui cum hoc vivunt atque vixerunt, honestissimorum hominum gregibus, rejicietis? ex hoc hominum numero, ex hac familiari dignitate, in impiorum partem, atque in parricidarum cœtum ac numerum transferetis? Ubi erit igitur illud fortissimum (1) præsidium pudoris? quo in loco nobis vita antè acta proderit? quod ad tempus existimationis partæ fructus reservabitur, si in extremo discrimine ac dimicatione fortunæ deserit (2)? si non aderit? si nihil adjuvabit?

78. Quæstiones nobis servorum ac tormenta accusator minitatur; in quibus quanquam nihil periculi suspicamur, tamen illa tormenta gubernat dolor, moderatur natura cujusque tum animi, tum corporis; regit quæsitor, flectit libido, corrumpit spes, infirmat metus, ut in tot rerum angustiis nihil veritati loci relinquatur. Vita P. Sullæ torqueatur (3): ex ea quæratur, num quæ occultetur libido, num quod lateat facinus, num quæ crudelitas, num quæ audacia: nihil erroris erit in causa, nec obscuritatis, judices, si à

(1) Autrement *firmissimum*.

(2) D'autres lisent plus élégamment *deseruerit*.

(3) Remarquez ce mouvement oratoire.

que par leur supplice, que des espèces de Furies les ont poussés aux plus affreuses extrémités.

XXVIII. Est-ce donc dans une pareille troupe, Romains, que vous jeterez Sylla, en l'arrachant à la compagnie de tous ces grands personnages, dont les vertus l'honorent et l'ont honoré dans l'une et l'autre fortune? Le transporterez-vous de la société honorable de ses illustres amis dans le parti des pervers, dans la cohorte impure des parricides? Quand donc la modestie et la douceur seront-elles pour nous un sûr asyle? Dans quelle occasion nous servira notre vie passée? Dans quelle circonstance recueillerons-nous le fruit d'une réputation avantageuse, si elle nous abandonne dans ces conjonctures critiques où nous risquons de tout perdre, si elle ne sollicite point alors en notre faveur, si elle ne nous est alors d'aucun secours?

78. L'accusateur croit nous effrayer en nous menaçant d'interrogatoires subits par des esclaves dans la torture. Bien que nous pensions n'avoir rien à craindre de ce côté, cependant on peut dire que, dans les interrogatoires de ce genre, c'est la douleur qui domine et qui gouverne; douleur dont le sentiment dépend en grande partie de la trempe plus ou moins forte de l'âme et du corps, se mesure au gré du président de l'information, se règle par le caprice, s'adoucit par l'espérance, s'affaiblit par la crainte, de sorte que, retenue et étouffée de toutes parts, la vérité ne saurait se faire jour. Non, ce ne sont point les esclaves, c'est la vie de Sylla qu'il faut mettre à la torture: interrogez-la, cette vie; demandez-lui si elle cache des dissolutions, des forfaits, des traits de cruauté, des traits d'audace. Il n'y aura plus, Romains, ni erreur ni incertitude, si le témoignage d'une vie constante et uniforme,

vobis vitæ perpetuæ vox ea, quæ gravissima debet esse, audietur.

79. Nullum in hac causa testem timemus ; nihil quemquam scire, nihil vidisse, nihil audisse arbitramur. Sed tamen, si nihil vos P. Sullæ fortuna movet, judices, vestra moveat : vestrâ enim, qui cum summa elegantia vixistis atque integritate, hoc maximè interest, non ex libidine, aut simultate, aut levitate testium causas honestorum hominum ponderari, sed in magnis disquisitionibus repentinisque periculis vitam uniuscujusque esse testem. Quam vos, judices, nolite armis suis spoliatam atque nudatam objicere invidiæ, dedere suspicioni : munite communem arcem bonorum, obstruite perfugia improborum : valeat ad pœnam, et ad salutem plurimùm, quam solam videtis ipsam ex vi sua naturaque facillimè perspici, subitò flecti fingique non posse.

XXIX. Quid verò hæc auctoritas (semper enim de ea dicendum est, quanquam à me timidè modicèque dicetur), quid, inquam, hæc auctoritas nostra? qui à cæteris conjurationis causis abstinuimus, P. Sullam defendimus : nihil hunc tandem juvabit? Grave est hoc dictum fortasse, judices, si appetimus aliquid; si, quum cæteri de nobis silent, non etiam nosmetipsi tacemus, grave : sed, si lædimur, si accusamur, si in invidiam vocamur, profectò concedetis, judices, ut nobis libertatem retinere liceat, si minùs liceat dignitatem.

témoignage qui doit être d'un si grand poids, est écouté par vous dans cette cause.

79. Nous ne craignons ici aucun témoin; nous pouvons l'assurer, nul ne sait rien, n'a rien vu, n'a rien entendu. Mais enfin, si le péril de Sylla ne vous touche pas, soyez touché du vôtre. Il vous importe surtout à vous qui avez vécu d'une manière aussi honorable qu'intègre, qu'on ne juge pas les personnages distingués d'après des dépositions dictées par le caprice, la légèreté ou le ressentiment; mais que, dans les grandes informations et dans les périls imprévus, la vie de chacun soit le premier témoin. Craignez de l'exposer, cette vie, dépouillée de ses propres armes, de l'exposer toute nue à la haine, de la livrer au soupçon. Fortifiez cette citadelle commune des gens de bien, fermez aux méchans tout refuge. Qu'une vie habituelle ait une égale force pour faire condamner et pour faire absoudre, puisqu'il est si facile de la reconnaître par elle-même, d'en suivre la marche, et impossible d'en changer tout à coup ou d'en déguiser la nature.

XXIX. Et l'autorité que doit avoir ici notre témoignage (car il faut toujours que j'en parle, quoique je doive le faire avec réserve et modestie), que produira-t-elle? Nous qui avons rejeté toutes les causes des vrais conjurés, nous défendons Sylla; cette circonstance ne lui servira-t-elle de rien? Il y aurait de notre part de l'orgueil à montrer des prétentions; il y aurait de l'orgueil à parler de nous, si les autres s'en taisaient : mais si on nous attaque, si on nous accuse, si on cherche à nous rendre odieux, assurément, Romains, vous nous accorderez de conserver au moins la liberté de nos discours, si nous ne pouvons conserver la dignité de notre rang.

81. Accusati sunt uno nomine consulares; ut jam videatur honoris amplissimi nomen plus invidiæ, quàm dignitatis afferre. Adfuerunt, inquit, Catilinæ, illumque laudarunt. Nulla tum patebat, nulla erat cognita conjuratio : defendebant amicum, aderant supplici, vitæ ejus turpitudinem in summis ejus periculis non insequebantur. Quin etiam parens tuus, Torquate, consul reo de pecuniis repetundis Catilinæ fuit advocatus, improbo homini, at supplici; fortasse audaci, at aliquando amico. Cui quum adfuit post delatam ad eum primam illam conjurationem; indicavit se audisse aliquid, non credidisse. At idem non adfuit alio in judicio, quum adessent cæteri. Si postea cognorat ipse aliquid, quod in consulatu ignorasset; ignoscendum est iis, qui postea nihil audierunt : sin illa res prima valuit (1); non inveterata, quàm recens, debuit esse gravior. Sed, si tuus parens etiam in illa suspicione periculi sui, tamen humanitate adductus, advocationem hominis improbissimi sellâ curuli, atque ornamentis et suis et consulatûs ho-

(1) « Mais s'il a été détourné par le seul rapport qui lui a été fait en premier lieu. » C'est-à-dire, s'il a été détourné de solliciter pour Catilina, accusé dans un second jugement d'avoir employé la violence et les assassins.

81. Les consulaires ont été accusés par Torquatus tous en corps, de sorte que ce titre honorable semble maintenant attirer plus de haine que procurer de gloire. Ils ont sollicité pour Catilina, dit-il, et se sont intéressés à sa cause (1). On n'avait pas encore découvert de conjuration, on n'en connaissait encore aucune; ils défendaient leur ami, ils sollicitaient pour un suppliant, ils fermaient les yeux sur ses désordres, et ne considéraient que son péril extrême. Bien plus, votre père, Torquatus, étant consul, s'est intéressé pour Catilina accusé de concussion. C'était un méchant homme; mais il était suppliant : ce pouvait être un audacieux; mais il avait été jadis son ami. En sollicitant pour Catilina, quoiqu'on lui eût déjà fait quelque rapport (2) de la première conjuration, il a déclaré qu'il avait bien entendu quelque chose, mais qu'il ne croyait rien. Dans un autre jugement, où d'autres sollicitaient pour Catilina, il l'a abandonné. S'il avait acquis depuis des connaissances qu'il n'avait pas eues étant consul, il faut pardonner à ceux qui depuis n'ont rien appris de nouveau. Mais s'il a été détourné par le seul rapport qui lui a été fait en premier lieu, pourquoi ce rapport déjà ancien l'a-t-il plus frappé que quand il était tout récent? Au reste, si votre père, quoique se doutant déjà du péril qu'il courait en lui-même, a cru, par bonté d'âme, devoir se ranger parmi les solliciteurs d'un méchant homme, devoir honorer sa cause de la chaire curule, de sa dignité personnelle,

---

(1) Lorsqu'il était accusé de concussion par Clodius, comme on voit ensuite.

(2) Rapport qui avait été pour lui seul, qui n'était pas venu aux oreilles des autres.

nestavit ; quid est, quamobrem consulares, qui Catilinæ adfuerunt, reprehendantur?

82. At iidem iis, qui ante hunc causam de conjuratione dixerunt, non adfuerunt. Tanto scelere adstrictis hominibus, statuerunt, nihil à se adjumenti, nihil opis, nihil auxilii ferri oportere. Atque, ut de eorum constantia atque animo in rempublicam dicam, quorum tacita gravitas et fides de unoquoque loquitur, neque cujusquam ornamenta orationis desiderat; potest quisquam dicere unquam meliores, fortiores, constantiores consulares fuisse, quàm iis temporibus, et periculis, quibus penè oppressa est respublica? Quis non de communi salute apertissimè, quis non fortissimè, quis non constantissimè sensit? Neque ego præcipuè de consularibus disputo : nam hæc et hominum ornatissimorum, qui prætores fuerunt, et universi senatûs communis est laus : ut constet, post hominum memoriam nunquam in illo ordine plus virtutis, plus amoris in rempublicam, plus gravitatis fuisse. Sed quia sunt descripti consulares, de his tantum mihi dicendum putavi, quod satis esset, attestante memoriâ omnium, neminem esse ex illo honoris gradu, qui non omni studio, virtute, auctoritate incubuerit ad rempublicam conservandam.

XXX. Sed quid? ego, qui Catilinam non laudavi (1), qui reo Catilinæ consul non adfui (2), qui testimonium de conjuratione dixi in alios, adeone vobis alienus à

---

(1) « Moi qui ne me suis pas intéressé pour la cause de Catilina, » comme les consulaires.

(2) « Qui, étant consul, n'ai pas sollicité pour Catilina accusé, » comme votre père.

et des marques de la dignité consulaire, pourquoi faire un crime aux anciens consuls d'avoir sollicité pour Catilina?

82. Mais ces mêmes hommes n'ont point sollicité pour ceux qui, avant l'accusation présente, ont été accusés comme conjurés. Ils ont pensé que des citoyens coupables d'un pareil attentat ne devaient espérer d'eux aucun secours, aucune protection, aucune assistance. Et afin de parler de la fermeté et du dévouement à la patrie de ces hommes dont la vertu et la sagesse seules font l'éloge, sans qu'il soit besoin des ornemens d'aucun discours, peut-on dire que les consulaires aient jamais été plus fermes, plus zélés, plus courageux, que dans ces circonstances affreuses où la république fut près de sa ruine? Qui d'entre eux n'opina point alors pour le salut général de la manière la plus ouverte, la plus assurée, la plus vigoureuse? Ce que je dis n'est point particulier aux consulaires: cette louange est commune à des hommes d'un mérite rare, anciens préteurs, et à tout le sénat. Il est certain que, depuis la fondation de Rome, il n'y eut jamais dans tout cet ordre plus d'amour pour la patrie, plus d'énergie, plus de courage. Mais comme Torquatus a désigné les consulaires, j'ai cru devoir dire de ceux-ci ce qui pût suffire, avec le témoignage de tous les Romains, pour montrer qu'il n'en est aucun de ce rang qui ne se soit employé de tout son zèle, de toutes ses forces, de tout son pouvoir, à la conservation de la république.

XXX. Mais je vous le demande, moi qui ne me suis pas intéressé pour la cause de Catilina; qui, étant consul, n'ai pas sollicité pour Catilina accusé; qui ai déposé contre d'autres sur le fait de la conjuration, vous

sanitate, adeo oblitus constantiæ meæ, adeo immemor rerum à me gestarum esse videor, ut, quum consul bellum gesserim cum conjuratis, nunc eorum ducem servare cupiam, et in animum inducam, cujus nuper ferrum retuderim, flammamque restinxerim, ejusdem nunc causam vitamque defendere? Si medius fidius, judices, non me ipsa respublica, meis laboribus et periculis conservata, ad gravitatem animi et constantiam suâ dignitate revocaret; tamen hoc naturâ est insitum, ut, quem timueris, quîcum de vita fortunisque contenderis, cujus ex insidiis evaseris, hunc semper oderis. Sed, quum agatur honos meus amplissimus, gloria rerum gestarum singularis; quum, quoties quisquam est in hoc scelere (1) convictus, toties renovetur memoria per me inventæ salutis : ego sim tam demens, ego committam, ut ea, quæ pro salute omnium gessi, casu magis et felicitate à me, quàm virtute et consilio, gesta esse videantur?

84. Quid ergo? hoc tibi sumis, dicet fortasse quispiam, ut, quia tu defenderis, innocens judicetur? Ego verò, judices, non modò nihil mihi assumo, in quo quispiam repugnet; sed etiam, si quid ab omnibus conceditur, id reddo ac remitto : non in ea republica versor, non iis temporibus caput meum obtuli pro patria periculis omnibus; non aut ita sunt exstincti, quos vici; aut ita grati, quos servavi, ut ego mihi plus ap-

(1) Lambin lit *quisquam est hoc sc. conv.*

semblerai-je être assez dépourvu de sens, avoir assez oublié mes principes, me souvenir assez peu de mes actions, pour désirer aujourd'hui de sauver un chef de ces conjurés à qui j'ai fait la guerre durant mon consulat, pour me déterminer à défendre aujourd'hui la cause et la vie d'un homme dans les mains duquel j'ai brisé le fer et éteint la flamme? Assurément, Romains, quand la république, sauvée par mes travaux et à mes périls, quand la république elle-même ne me rappellerait pas à la vérité des règles et à la fermeté du caractère, il est cependant naturel que nous haïssions éternellement celui que nous avons craint, qui nous a fait courir des risques pour nos jours et pour nos fortunes, aux attentats de qui nous avons échappé. Mais puisqu'il s'agit de maintenir l'honneur de la première magistrature, de soutenir la gloire peu commune des actions qui ont signalé mon consulat; puisque, toutes les fois qu'un particulier est convaincu d'avoir eu part au plus noir des crimes, on renouvelle le souvenir du salut que j'ai procuré à la république; combien ne serais-je pas extravagant de m'exposer à faire regarder ce que j'ai fait pour le salut de tous comme l'ouvrage du hasard et du bonheur plutôt que celui du courage et de la réflexion!

84. Quoi donc! dira-t-on peut-être, prétendez-vous qu'un accusé soit jugé innocent par cela seul que vous l'aurez défendu? Pour moi, loin de prétendre à ce qu'on me disputerait, j'abandonne même ce qui pourrait m'être accordé par tout le monde. Non, la république n'est pas assez bien gouvernée, ni les temps où j'ai bravé pour la patrie tous les périls, assez heureux, ni les hommes que j'ai domptés assez abattus, ni ceux que j'ai sauvés assez reconnaissans, pour que

petere coner, quàm quantum omnes inimici invidique patiantur.

85. Grave esse videretur, eum, qui investigarit conjurationem, qui patefecerit, qui oppresserit, cui senatus singularibus verbis gratias egerit, cui uni togato supplicationem decreverit, dicere in judicio : Non defenderem, si conjurasset. Non dico id, quod grave est; dico illud, quod in his causis conjurationis non auctoritati assumam, sed pudori meo : Ego ille conjurationis investigator atque ultor, certè non defenderem Sullam, si conjurasse arbitrarer. Ego, judices, de tantis omnium periculis quum quærerem omnia, multa audirem, non crederem omnia, caverem omnia; dico hoc, quod initio dixi, nullius indicio, nullius suspicione, nullis litteris, de re P. Sullæ (1) rem ullam ad me esse delatam.

XXXI. Quamobrem vos, dii patrii ac penates, qui huic urbi, atque huic imperio præsidetis; qui hoc imperium, qui hanc libertatem, populumque Romanum, qui hæc tecta atque templa, me consule, vestro numine auxilioque servastis; testor, integro me animo ac libero, P. Sullæ causam defendere; nullum à me sciente facinus occultari, nullum scelus susceptum contra salutem omnium defendi ac tegi : nihil de hoc consul comperi, nihil suspicatus sum; nihil audivi.

87. Itaque idem ego ille, qui vehemens in alios, qui inexorabilis in cæteros esse visus sum, persolvi

---

(1) Au lieu de *de re*, quelques-uns voudraient lire *de reatu*, d'autres *de crimine*; d'autres enfin voudraient *de P. Sulla*, en supprimant *re*. Cette dernière leçon paraît préférable.

j'entreprenne de m'attribuer plus que ne voudrait la foule de mes ennemis et de mes envieux.

85. On serait offensé d'entendre dire à celui qui a découvert la conjuration, qui l'a dévoilée, qui l'a étouffée, à qui le sénat a rendu des actions de grâces dans les termes les plus honorables, à celui seul pour lequel on a décerné des prières publiques en temps de paix, on serait offensé de lui entendre dire dans un jugement : Je ne le défendrais pas, s'il avait été du nombre des conjurés. Je ne dis point ce qui offenserait ; il s'agit de conjuration ; et laissant le ton de l'autorité pour prendre celui de la modestie, je me contente de dire : Moi qui ai découvert la conjuration et qui l'ai punie, non, je ne défendrais point Sylla, si je croyais qu'il eût été complice. Je l'ai dit, Romains, dès le commencement; je le répète : lorsqu'à la veille des maux affreux dont nous étions tous menacés j'informais sur tout, lorsque je recevais beaucoup de rapports, que sans tout croire je me défiais de tout, je n'ai rien appris contre Sylla, ni par indice, ni par soupçon, ni par lettre.

XXXI. Ainsi, je vous en atteste, dieux de la patrie, dieux pénates de Rome, dieux tutélaires de cet empire, dont le puissant secours, sous mon consulat, a sauvé le peuple romain, cet empire, notre liberté, ces temples et ces maisons, je plaide la cause de Sylla avec un cœur pur et intègre, je ne cèle aucun forfait dont je sois instruit, je ne défends ni ne protége aucun attentat contre le salut de tous. Je n'ai, étant consul, rien découvert à la charge de l'accusé, je n'ai rien soupçonné, rien appris.

87. Ainsi donc, en me montrant sévère et inexorable à l'égard des vrais conjurés, je me suis acquitté

patriæ quod debui : reliqua jam à me meæ perpetuæ consuetudini naturæque debentur. Tam sum misericors, judices, quàm vos; tam mitis, quàm qui lenissimus. In quo vehemens fui vobiscum, nihil feci, nisi coactus : reipublicæ præcipitanti subveni; patriam demersam extuli; misericordiâ civium adducti, tunc fuimus tam vehementes, quàm necesse fuit; salus esset omnium amissa unâ nocte, nisi esset severitas illa suscepta : sed, ut ad sceleratorum pœnam amore reipublicæ sum adductus, sic ad salutem innocentium voluntate deducor.

88. Nihil video esse in hoc P. Sulla, Judices, odio dignum, misericordiâ digna multa. Neque enim nunc propulsandæ calamitatis suæ causâ supplex ad vos, judices, confugit; sed ne qua generi ac nomini suo nota nefariæ turpitudinis inuratur. Nam ipse quidem, si erit vestro judicio liberatus, quæ habet ornamenta, quæ solatia reliquæ vitæ, quibus lætari et perfrui possit? Domus erit, credo, exornata; aperientur majorum imagines; ipse ornatum ac vestitum recuperabit. Omnia, judices, hæc amissa sunt : omnia generis, nominis, honoris insignia atque ornamenta unius judicii calamitate occiderunt. Sed ne exstinctor patriæ, ne proditor, ne hostis ap-

de ce que je devais à la patrie : je me dois maintenant à mon caractère et à mes sentimens habituels. Je suis aussi sensible que vous, Romains, je suis aussi doux qu'on peut l'être. Si je me suis armé de sévérité de concert avec vous, c'est malgré moi; j'ai couru au secours de la république qui allait périr, j'ai relevé la patrie abattue. Alarmés pour nos concitoyens et touchés de leurs dangers, nous avons été alors aussi sévères que la circonstance le demandait. C'en eût été fait en une seule nuit du salut de tous, si on ne se fût armé d'une telle rigueur. Mais si j'ai été forcé, par amour pour la république, de punir des scélérats, je suis porté par inclination à sauver des innocens.

88. Je ne vois rien, Romains, dans Sylla qui soit digne de haine; je vois bien des choses dignes de compassion. Ce n'est pas pour se relever de sa disgrâce qu'il recourt maintenant à vous, mais pour épargner à son nom et à sa famille la flétrissure du plus abominable des crimes. Par rapport à lui-même, quand votre arrêt le renverrait absous, quelles consolations, quelles distinctions pourront lui rester dont il jouisse dans un entier contentement ? Sa maison peut-être sera décorée; peut-être il découvrira les images de ses aïeux (1), il reprendra lui-même ses habits et sa parure. Tout cela, Romains, est perdu pour Sylla : toutes les marques distinctives de son nom, de sa famille, de l'honneur qu'il avait obtenu, sont évanouies par le coup fatal d'un jugement unique. Il voudrait n'être pas appelé le destructeur de la patrie, un traître, un

(1) On sait que les Romains nobles gardaient les portraits en cire de leurs aïeux : ils les couvraient dans la tristesse et dans le deuil, ils les découvraient dans la joie et l'allégresse.

pelletur, ne hanc labem tanti generis in familia relinquat, id laborat, id metuit; ne denique hic miser conjurati, et conscelerati, et proditoris filius nominetur: huic puero, qui est ei vitâ suâ multò carior, metuit, cui honoris integros fructus non sit traditurus, ne æternam memoriam dedecoris relinquat.

89. Hic vos orat, judices, parvus, ut se aliquando, si non integrâ fortunâ, at afflictâ, patri suo gratulari sinatis: huic misero notiora sunt judiciorum itinera et fori, quàm campi et disciplinarum. Non jam de vita P. Sullæ, judices, sed de sepultura contenditur: vita erepta est superiore judicio; nunc, ne corpus ejiciatur, laboramus. Quid enim est huic reliqui, quod eum in vita hac teneat? aut quid est, quamobrem hæc cuiquam vita videatur?

XXXII. Nuper is homo fuit in civitate P. Sulla, ut nemo ei se neque honore, neque gratiâ, nec fortunis anteferret. Nunc spoliatus omni dignitate, quæ erepta sunt, non repetit: quod fortuna in malis reliqui fecit, ut cum parente, cum liberis, cum fratre,

ennemi de Rome; voilà ce qu'il appréhende, voilà ce qui l'inquiète. Il tremble que ce malheureux enfant ne soit nommé fils d'un scélérat, d'un conjuré, d'un traître à la patrie : ce fils qui lui est plus cher que la vie, auquel il ne saurait transmettre toute la splendeur d'un ancien consul, il craint de ne lui laisser qu'un souvenir éternel d'opprobre.

89. Ce jeune enfant, Romains, vous demande qu'il lui soit permis de rendre hommage à un père malheureux, de le voir, sinon dans tout l'éclat de son rang, du moins au milieu des tristes débris de son ancienne fortune. Les chemins des tribunaux et de la place publique sont plus connus à ce jeune infortuné que ceux des écoles et du Champ-de-Mars. Il ne s'agit plus, Romains, de la vie de Sylla (1), mais de sa sépulture : la vie lui a déjà été enlevée par un jugement rigoureux; nous demandons aujourd'hui que son corps ne soit pas jeté hors de Rome. Que lui reste-t-il qui puisse le retenir dans la vie ? Peut-on regarder comme une vie celle à laquelle il se voit condamné ?

XXXII. Tel était naguère Sylla, qu'aucun de nos citoyens ne pouvait se préférer à lui, ni pour la considération, ni pour le crédit, ni pour l'éclat du rang. Dépouillé à présent de tout cet éclat, ce n'est pas ce qui lui a été enlevé qu'il redemande, mais ce que la fortune lui a laissé dans ses maux; l'avantage de pouvoir pleurer sa disgrâce avec son père, avec ses enfans,

---

(1) On distinguait, chez les Romains, la vie naturelle et la vie civile. On était privé de la vie civile, lorsqu'on avait perdu les droits de citoyen ou une grande partie de ces droits : Sylla, par sa condamnation, avait perdu les plus beaux droits de citoyen.

cum his necessariis, lugere suam calamitatem liceat; id sibi ne eripiatis, judices, vos obtestatur.

90. Te ipsum jam, Torquate, expletum esse hujus miseriis par erat. Etsi nihil aliud Sullæ, nisi consulatum abstulissetis, tamen eo vos contentos esse oportebat: honoris enim contentio vos ad causam, non inimicitiæ deduxerunt. Sed quum huic omnia cum honore detracta sint, quum in hac fortuna misera ac luctuosissima destitutus sit: quid èst, quod expetas ampliùs? Lucisne hanc usuram eripere vis, plenam lacrymarum atque mœroris, in qua cum maximo cruciatu atque dolore retinetur? libenter reddiderit, ademptâ ignominiâ fœdissimi criminis. An verò inimicum ut expellas? cujus ex miseriis, si esses crudelissimus, videndo fructum caperes majorem, quàm audiendo.

91. O miserum et infelicem illum diem, quo consul omnibus centuriis P. Sulla renuntiatus est! ô falsam spem! ô volucrem fortunam! ô cæcam cupiditatem! ô præposteram gratulationem! quàm citò illa omnia ex lætitia et voluptate ad luctum et lacrymas reciderunt, ut, qui paulò antè consul designatus fuisset, retineret repentè nullum vestigium pristinæ dignitatis! Quid enim erat mali, quod huic spoliato honore, famâ, fortunis, deesse videretur? aut cui novæ calamitati locus ullus relictus esset (1)? Urget eadem fortuna, quæ cœpit; reperit novum mœrorem: non

(1) Ernesti croit qu'il faut écrire *relictus erat.*

avec son frère, avec tous ses amis ici présens : ne lui enlevez pas, Romains, ce seul avantage qui lui reste, il vous en conjure.

90. Vous même, Torquatus, si vous le haïssez, votre haine doit être contente de ses malheurs. Quand vous ne lui auriez ôté que le consulat, ne devriez-vous pas être satisfait? Ce n'est point par inimitié, c'est uniquement pour lui disputer cette magistrature, que vous l'avez accusé d'abord. Mais puisqu'en la perdant il a tout perdu; puisque, dans sa cruelle et déplorable situation, tout l'abandonne, que désirez-vous davantage? Voulez-vous lui arracher la vie même, cette vie accompagnée de tant de larmes et de tristesse, qu'il ne conserve que pour être accablé de tourmens et de peines? Qu'on le décharge d'une accusation aussi diffamante, et il l'abandonnera volontiers. Voulez-vous chasser votre ennemi? Fussiez-vous le plus cruel des hommes, la vue bien mieux que le récit de ses infortunes assouvirait votre haine.

91. O jour triste et malheureux, où toutes les centuries proclamèrent Sylla consul! O trompeuses espérances! ô fortune inconstante et légère! ô ambition aveugle! ô félicitation prématurée! que la joie et l'allégresse ont été promptement suivies de gémissemens et de larmes! celui qui venait d'être désigné consul n'a plus retrouvé tout à coup aucune trace de son ancien rang. Quelle affliction paraissait manquer à un homme dépouillé de la première des dignités, de l'éclat de son nom, de presque toute son existence! quelle place pouvait-il y avoir pour une nouvelle disgrâce? la même fortune continue de le poursuivre; elle trouve une affliction nouvelle, elle ne permet pas

patitur hominem calamitosum, uno modo afflictum, uno in luctu perire.

92. Sed jam impedior egomet, judices, dolore animi, ne de hujus miseria plura dicam : vestræ jam sunt partes, judices ; in vestra mansuetudine atque humanitate causam totam repono. Vos, rejectione interpositâ, nihil suspicantibus nobis, repentini in nos judices consedistis, ab accusatoribus delecti ad spem acerbitatis, à fortuna nobis ad præsidium innocentiæ constituti. Ut ego, quid de me populus Romanus existimaret, quia severus in improbos fueram, laboravi, et, quæ prima innocentis mihi defensio est oblata, suscepi ; sic vos severitatem judiciorum, quæ per hos menses in homines audacissimos facta est, lenitate ac misericordiâ mitigate.

93. Hoc quum impetrare à vobis ipsa causa debet ;

qu'un malheureux soit accablé d'une seule manière, soit écrasé d'un seul coup.

92. Mais la douleur qui me pénètre m'empêche de m'étendre davantage sur l'infortune de Sylla. C'est à vous maintenant, Romains, à faire le reste; je vous remets la cause; je l'abandonne à votre clémence et à votre sensibilité. C'est par une récusation faite par nos adversaires (1) que nous vous avons vus tout à coup, sans nous y attendre, siéger dans ce tribunal : ils vous ont choisis dans l'espoir de consommer notre perte; la fortune vous a établis pour protéger notre innocence. Après la rigueur dont j'avais usé envers les méchans, j'ai voulu apprendre au peuple romain ce qu'il devait penser de moi, et j'ai saisi la première occasion qui s'est offerte de défendre un citoyen innocent : vous aussi, tempérez, par votre bonté et votre douceur, la sévérité des jugemens qui ont été rendus dans les derniers mois (2) contre les plus audacieux des hommes.

93. La cause elle-même doit l'obtenir de votre

---

(1) Ordinairement l'accusateur et l'accusé pouvaient récuser un certain nombre de juges, à la place desquels le président du tribunal en tirait d'autres au sort; ce qui s'appelait *subsortiri*, *subsortitio*. Mais il paraît que, dans une cause de conjuration, les formes n'étaient plus les mêmes. L'accusateur seul récusait des juges, et lui-même en choisissait d'autres à la place de ceux qu'il avait récusés.

(2) Dans les mois qui suivirent immédiatement la fin du consulat de Cicéron, durant lesquels il y eut sans doute plusieurs jugemens sévères rendus contre des hommes soupçonnés d'avoir trempé dans la conjuration de Catilina.

tum est vestri animi, atque virtutis declarare, non esse eos vos, ad quos potissimùm, interpositâ rejectione, devenire convenerit. In quo ego, Judices, vos, quantum meus amor in vos postulat, tantum hortor, ut communi studio, quoniam in republica conjuncti sumus, mansuetudine et misericordiâ vestrâ falsam à nobis crudelitatis famam repellamus.

FINIS.

équité ; et de plus il est de votre grandeur d'âme et de votre sagesse de faire voir qu'après leur récusation, ce n'était pas à vous principalement que devaient recourir nos accusateurs. Je vous y exhorte, Romains, au nom de mon attachement pour vos personnes ; puisque nous étions unis dans le gouvernement de la république, unissez-vous à moi, pour que toute idée fausse de cruauté qu'on pourrait avoir de nous soit détruite aujourd'hui par un acte de votre bonté compatissante.

FIN.

CHEZ LE MÊME LIBRAIRE.

De Naturâ Deorum, *latin-français*, par d'Olivet. *Paris*, 2 vol. *in*-12.

De Officiis libri tres, *latin-français en regard*, par Barrett, nouvelle édition, revue et corrigée par J. J. Adry. *Paris*, in-12.

Orator, *latin-français en regard*, par l'abbé Collin ; nouvelle édition. *Paris*, in-12.

De claris Oratoribus, et de optimo genere oratorum, *latin-français en regard*, par un ancien professeur. *Paris*, in-12.

De Oratore, libri tres rhetorici, *latin-français en regard*, par un ancien professeur. *Paris*, 2 vol. *in*-12.

Pro Rabirio Postumo, *latin-français en regard*. Paris, *in*-12.

Tusculanarum Quæstionum libri V, *latin-français*, par Bouhier et d'Olivet. *Paris*, 2 vol. *in*-12.

www.ingramcontent.com/pod-product-compliance
Ingram Content Group UK Ltd.
Pitfield, Milton Keynes, MK11 3LW, UK
UKHW020349230726
13925UKWH00003B/1030